ㅇ

울지도 몰라

오늘은 좀 매울지도 몰라

떠나는 아내의
밥상을 차리는
남편의
부엌 일기

강창래

문학동네

남편과 이별을 앞두고 있다면, 나는 그에게 무엇을 부탁할까. 부탁할 힘조차 나지 않을 것 같다. 상상만으로도 적잖이 괴롭다. 그러나 정말 떠나야만 한다면, 내가 없어도 그가 잘 살아갈 수 있게 해야겠지.

아픈 아내가 부엌일을 하지 못하게 되자, 남편에게 매일 먹을 음식을 부탁한다. 채소 손질조차 해본 적이 없지만 거듭된 실전에 어느덧 칼질에 자신이 붙는다. 자신만의 맛내는 비법도 터득해 가며 하나씩 자신 있게 할 줄 아는 요리가 생긴다. 혼자 남을 남편을 걱정한 아내의 마지막 선물이었을까. 이제 그는 부엌이 낯설지 않다.

처음엔 낯선 부엌일에 배운 점을 써둔 짧은 메모가, 점차 사랑하는 이 곁에 하루라도 더 머물고 싶은 간절함으로 변했다. 각종 음식 재료 이야기를 태연히 하고 있는 글을 읽으며 나는 자꾸만 눈물이 고인다. 아내를 위해 보낸 정성어린 시간, 힘겹게 한술 떠먹어준 아내의 마음, 이제는 그들의 마지막 장면이 되어버렸다. 읽는 나는 자꾸만 다짐한다. 오늘 더 사랑하겠다고. 사랑하는 이에게, 후회 없이 더 많은 것을 주겠다고.

김소영 | 방송인, '당인리책발전소' 대표

나는 이 책 속의 요리가 누구를 위한 것인지 알고 있다. 저자는 그이에 대해 자세히 말하지 않지만 나는 내내 그이를 생각하며 읽었다. 그이는 멋진 분이셨다. '이셨다'고 써야 하는 게 가슴아프다. 내 맘 속에는 여전히 생생한데……

2013년, 협동조합 책을 만들자고 아이쿱연구소를 찾아온 것을 계기로 처음 알마 출판사를 알게 되었고 거기에서 출간된 책들을 찾아 읽으면서 편집인 정혜인에 대한 호기심이 갈수록 커졌다. 흥미로운 주제와 시원한 기획, 그러나 좀 어려운 알마의 지적 세계를 만들어가는 이는 어떤 사람일까. 대범하게 도전하고 맹렬하게 만들어내는 '일중독'의 일면을 가졌고, 함께 일하는 작가와 후배 편집인들의 생활과 미래를 생각해서 출판사를 협동조합의 형태로 만들겠다는 비전을 행동으로 옮기고 있었다. 우리는 서로 대조적인 성격이지만 같은 꿈을 행동으로 옮기는 동지라는 생각에 만나면 서로 반짝반짝 좋았던 것 아닐까.

항암중이라고 털어놓던 그날을 잊을 수 없다. 어떤 기획을 너무 서두른다는 생각이 들어 내가 신중한 의견을 냈더니 그이가 말했다. "소장님, 시간이 별로 많지 않아요." 그러면서 뿜어낸 긴 담배 연기가 차가운 공기 속으로 흔적도 없이 사라진 것처럼, 나는 그때 그 말도 환청이라 여기고 싶었다.

나중에 부군 강창래 선생님이 만든 음식만 먹을 수 있다는 말을 전해 들었을 때 내가 느낀 감정을 설명하기 어렵다. 아내는 먼저 갈 때 외롭게 남은 남편이 눈에 밟힌다. 요리하는 남편을 보며 그이가 느꼈을 애틋함과 미안함, 행복…… 한결 마음이 놓였으리라. 저자가 설날 떡국을 끓이며 "그리움만으로도 사람은 죽을 수 있다. 그리던 얼굴을 만나면 얼마나 행복할까"라고 하는 대목에서 나는 한참 동안 가슴이 먹먹했다.

잔잔하면서 정성스럽고 위로가 된다. 같은 고통을 겪는 가족들에게는 더더욱.

김형미 | 재단법인 아이쿱협동조합연구소 소장

이 책에서 어떤 사람은 레시피를 읽겠지만 어떤 사람은 마음을 읽을 것이다. 모든 의지적 욕망은 포기한 채 오로지 식욕이라는 원초적 욕망에만 묶여 있는 어머님을 모신 지 8년째인 나로서는 도무지 남의 얘기로 읽을 수 없었다. 인간에게 먹는다는 행위는 생명 그 자체라는 것을 절감한다. 요리를 해본 적이 없는 남편이, 의지적 욕망을 점차 버리면서 식욕과 고투하는 아내를 위해 모든 정성을 기울이는 모습이 담겼다. 인간 존재와 부부애가 무엇인지를 깊게 성찰하면서 수없이 눈물을 흘릴 수밖에 없었다.

한기호 | 한국출판마케팅연구소 소장

『오늘은 좀 매울지도 몰라』의 레시피는 그 어떤 요리책보다 맛깔스러운 음식을 만들어낸다. 강창래의 글은 그 어떤 문장보다 사랑스러운 편지가 된다. 이 책의 레시피는 사랑하는 사람을 떠나보내는 의식으로서의 요리가 아니다. 이 책은 차라리 지금 여기 함께 있는 사람을 위한 레시피이다. 또한 언젠가 훗날에 홀로 남아 있을 사람들을 위한 매뉴얼이다. 이토록 아름답고 눈부시게 슬프며 놀랍도록 담담한 요리책이라니, 침샘과 눈물샘이 동시에 젖는다. 맛난 음식과 좋은 문장의 슬픔과 기쁨을 『오늘은 좀 매울지도 몰라』에서 맛보았기 때문이다.

서효인 | 시인, 『여수』 『잘 왔어 우리 딸』 저자

머리말

나는 왜 이런 글을 쓰는 걸까?

내 삶의 속살이 드러나는 글을 이렇게 길게 써본 적이 없다. 이렇게 순간순간을 스냅사진처럼 찍어두고 싶었던 적도 없다.

머릿속이 백지장처럼 하얘지는 순간을 자주 경험하면서 이 글을 쓰기 시작했다. 부엌일을 전혀 하지 않았던 것은 아니지만 구경꾼에 가까웠고 서툰 도우미였을 뿐이다. 아내가 부엌일을 하지 못하게 되면서 무엇이든 해야 했다. 꽤 긴 시간을 힘들어했다.

내가 할 줄 아는 요리라고는 라면이 전부였다. 물 넣고, 스프 넣고, 라면 넣고. 가끔은 떡국 떡도 조금 넣고. 다 되면 달걀 깨 넣고. 김치찌개나 된장찌개를 끓여 먹기도 했지만 지금 생각해보면 냄새만 비슷한 것이었다. 하다못해 대파를 씻고 다듬어 쫑쫑 썰어 넣는 일도 해본 적이 없었다.

채소를 씻는다는 게 어떤 일인지 전혀 몰랐다. 나에게 '씻는다'는 것은 때수건에 비누칠을 해서, 때수건이 없으면 그냥 비누칠을 해서 문지르다가 물로 잘 헹궈내는 일이었다.

먹을거리를 씻는 건 그런 게 아니었다. 너무나 혼란스러웠다. 큰 이파리나 작은 이파리, 시금치 같은 것들, 냉이 같은 것들에 비누를 어떻게 묻혀야 할지 몰라 당황스러웠다. 그 작고 많은 이파리들을 어떻게 하나하나 문질러주나.

그뿐이 아니었다. 간단한 콩나물국을 끓이더라도 레시피를 보고 따라 해보았지만 다시 해달라고 하면 어떻게 해야 할지 아무것도 떠오르지 않았다. 도무지 익숙해지지 않는 일에 익숙해져야 한다는 부담이 얼마나 컸는지 모른다. 부엌에 들어서면 언제나 천길 벼랑이 앞을 가로막았다. 머릿속은 하얘지고.

안 되겠다. 글로 써두자. 그렇게 페이스북에 하나씩 올리기 시작했다. 처음에는 무척 건조했을 것이다. 메모에 가까운 레시피였을 테니까. 저절로 조금씩 변했다. 내가 왜 이 요리를 하게 되었는지, 요리를 처음 배우고 하면서 느낀 점도 조금씩…… 스냅사진처럼 더했다.

더 큰 변화는 독자들의 반응 때문이었을 것이다. 처음에는 인문학을 강의하는 저자가 '요리'도 하는 모습이 흥미로웠던 것 같다. 그러다가 예민한 독자들은 구석구석에 스며 있던 슬픈 냄새를 맡기 시작했다.

한 유명 편집자는 이 '스냅사진처럼 짧은 글들'을 묶어 책으로 내고 싶다고 했다. 슬픔은 글 주변에서 아지랑이처럼 흔들리고 있었을 것이다. 그 글을 읽고 그는 '가슴에 사무친다'고 했다.

그 말이 참고 있던 내 슬픔의 주머니도 터뜨렸다. 말은 참 힘이 세다. 슬프다고 말하기 전에도 슬펐지만 눈물을 흘리는 날은 드물었다. 사무친다는 말은 바늘이 되어 이미 터질 듯 부풀어올라 있던 눈물주머니에 와 닿았다. 글을 쓰고 나서 울거나, 한참 울다가 글을 쓰거나, 울면서 쓰기도 했다.

글 중에 「무항생제 대패삼겹살의 기찬 효능」이 아마 가장 긴 꼭지가 아닐까 싶다. 그 이야기는 당일의 일기가 아니라 며칠 뒤에 썼다. 병원에서 반전에 반전이 거듭되던 바로 그때는 '글을 쓸

여유'가 없었다. 슬픔과 기쁨이 하루에도 몇 번씩 엎치락뒤치락 하던 때를 어떻게 잊을 수 있겠는가. 좀더 오랜 세월이 지나면 빛이 바래겠지만.

그러고 나서 나에게 묻게 되었다. 너는 왜 이런 글을 쓰게 되었니?

그즈음 우연히 〈녹터널 애니멀스〉(야행성 동물)라는 영화를 조금 보았다(전편을 편하게 감상할 수 있는 시간이 잘 안 되었다). 그 가운데 기억에 남는 장면이 있다.

여자 주인공이 남자 주인공에게 왜 그렇게 자기 이야기를 글로 써두려 하느냐고 물었다. 남자는 죽어가는 것들을 살려내어 영원히 남겨두고 싶어서라고 대답했다. 내가 듣고 싶은 대로 들은 것인지도 모르겠다.

평생 글을 써왔지만 내 삶의 한 부분을 이렇게 영원히 살려두고 싶었던 적이 없다. 사십 년 동안 함께한 사람과 영원한 이별을 앞두고 있어서일까. 어쩌면 그렇게 대단한 이유가 아닐지도 모른다.

아내를 간호하면서 힘든 하루하루를 누구에겐가 털어놓고 싶었다. 낯선 부엌일을 시작하면서 배운 것들을 적어두고 싶었다. 그리고 암 투병이라는 끝이 없어 보이는 고통의 가시밭길을 헤쳐가면서 드물게 찾아오는 짧은 기쁨을 길게 늘이고 싶었다. 아무리 슬픈 이야기라도 글로 쓰면 위로가 되었다.

편집자는 이 기록을 책으로 묶는다면 '잡채의 눈물'이라고 하면 어떻겠느냐고 했다. 나는 슬픔이나 눈물보다 기쁨이나 웃음이었으면 좋겠다. '무항생제 대패삼겹살의 기찬 효능'도 좋고.

글쓰기가 몸에 배어 있다는 사실이 이번만큼 큰 위로가 되었던 적이 없다. 아내는 이 포스팅을 보지 않기에 두어 개를 읽어준 적이 있다. 역시 유명한 편집자였던 아내는 글에 대해 평가해주었다.

편집자의 눈으로 보아도 글이 좋다. 절제되어 있고 우아하다. 슬픔은 그림자처럼 곳곳에 스며들어 숨어 있지만 독자들에게 들키고 싶어하고, 그 슬픔은 기쁨을 준비하네. 슬픈 이야기지만 독자들이 읽으면 행복할 거야.

낯간지러운 아내의 평가를 굳이 소개하는 이유가 있다. 아내는 남들이 보기에 공평해야 한다는 생각을 강박처럼 가지고 있었다. 그동안에도 내 글에 대해서 '좋았지만' 좋다고 말하기를 꺼렸다(고 했다. 편집자이기 이전에 아내였기 때문에. 물론 전혀 하지 않았던 것은 아니지만). 매몰차게 단점을 지적하곤 했다. 내가 느끼기에는 매우 그랬다. 나는 무척이나 마음이 상했고 다시는 '이 편집자'하고는 책을 만들지 않겠다고 생각한 적도 많다.

슬픔과 괴로움, 낯선 것들끼리의 갈등…… 그 모든 것들이 글을 통해 기쁨이 되었으면 좋겠다.

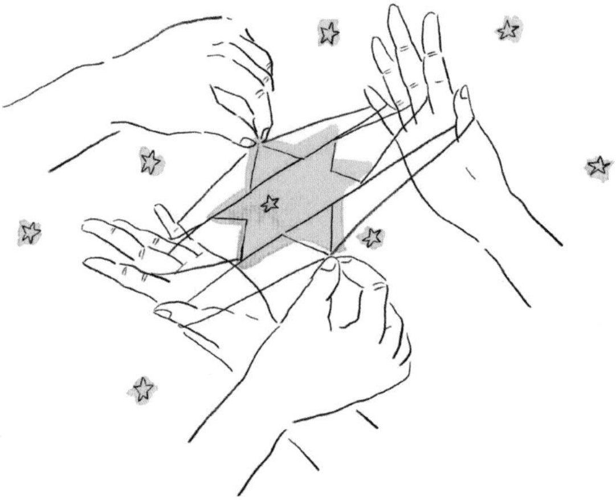

아내가 주변 정리를 시작하면서 남편에게 부탁한다.
"그동안 간호한다고 고생 많았어. 당신이 해준 밥을 이렇게 오래 먹을 거라고 생각지도 못했고, 맛있을 거라고는 더욱더.
내가 없어도 밥은 제대로 해먹겠다 싶어서 마음은 편해.
이제 정말 얼마 남지 않았어. 지금부터는 첫째 동생이 먹을거리를 다 해줄 거고, 호스피스 병동에 들어가면 간병인을 쓸 거니까, 당신과 아들은 그냥 들러주기만 하면 돼. 보고 싶긴 할 테니까.
그걸로 충분해. 호스피스 병동에 들어가기 전에 스웨덴에서 둘째 동생이 올 거야. 걔가 반달 정도 딱 붙어서 간호해줄 거야.
그 반달 정도 시간을 줄 테니까 내 마지막 소원을 들어줘. 내가 죽고 나면 어떻게 살 건지 알고 싶어. 당신이 가장 잘 하는 일, 세상 사람들에게 도움이 되는 일을 시작해. 이제 더이상 거칠 게 없을 테니까. 죽기 전에 당신이 무슨 일을 어떻게 할 건지 분명한 그림을 보고 싶어. 행복한 상상을 하면서 죽을 수 있게 해줘."

차례

누구나 달달한 위로는 필요해

요리하는 사람도 먹어야지

이러라고 그런 거였어?

오늘은 같은 걸로 먹어

무치는 마음을 닮는 나물

콩나물과 시금치나물. 이 둘이 특별한 관계가 있는 것은 아니다. 아니, 잘 모른다. 유기농 매장에서 식구들이 먹을 만한 나물 거리로 사 온 것일 뿐이다. 그저 익숙해서 사 온 것일 수 있다. 만들기도 아주 간단하니까.

콩나물은 그저 많이 넣고 푹 끓이면 시원한 맛이 난다. 적당히 끓여서 아직 아삭아삭할 때 꺼내서 양념으로 무치면 된다. 양념이야 늘 들어가는 그것들이다. 다진 마늘과 쫑쫑 썬 대파, 고춧가루, 참기름, 들기름, 들깻가루를 적당히 버무려서 '손맛'을 낸다.

요즘은 특별히 소금이나 간장을 전혀 쓰지 않는다. 달달한 맛을 내는 것도. 무염무당 음식을 만들고 있다.

싱싱한 콩나물에 좋은 양념들이 사람의 목숨을 살리는 먹을거리가 되어주길 바라는 마음으로 무쳤다. 작은 그릇에 예쁘게 담고 깨소금을 좀 친다. 그것으로 충분하다. 참기름이나 들기름, 들깻가루를 더 치거나 덜 치면 맛이 조금씩 달라진다. 콩나물 무친 것을 덜어서 삶아낸 물에 다시 넣고 끓이면 콩나물국이 된다.

시금치는 끓는 물에 대략 사오십 초 데쳐낸다. 그러고는 찬물에 잠깐 씻으면서 물기를 잘 짜낸다. 지나치게 꽉 짜면 채소의 즙까지 빠져나간다. 너무 덜 짜면 나물에 물기가 많이 생긴다. 적당한 크기로 자른 다음 양념으로 무쳐낸다. 이때 양념은 콩나물의 경우에서 고춧가루만 빼면 된다.

처음에는 비닐장갑을 끼고 무쳤지만 요즘은 손을 잘 씻고 맨손으로 무친다. 내가 가진 감각의 반이 손에 몰려 있다. 손맛은 당연하다. 특히 나물은 비닐장갑 맛으로 낼 일이 아니다.

내가 쓰는 레시피는 누군가 따라 할 수 있기를 바라는 게 아니다. 음식을 만드는 감각과 느낌을 기록해두고 싶어서 쓴다. 특별히 공부하지도 않았고 배우지도 않았다. 그러기 전에 해야 했기 때문에 물어가면서 하고 있다. 이제는 칼질도 많이 늘었다. 구단이나 십단들께서 보시면 아직 멀었겠지만.

아침에 만든 나물과 콩나물국은 참 맛있다고 했다.

인문학강독 팀 제자 중 요리를 본격적으로 배운 이에게 들은 말이 생각났다. 맛있는 음식은 마음으로 만들어진다고. 평정심을 유지해야 하고 재료와 소통해야 한다. 화를 내면 음식도 화를 낸다. 짜증난 상태에서 만든 음식은 짜다. 오늘 아침에 부엌에서 좋은 시간을 보냈나 보다. 몰입해서 즐겁고 편안한 마음으로 나물을 무쳤다.

문득 궁금하다. 강요된 부엌일을 해야 하는 사람들의 심정은 어떨까? 그들이 만든 음식은 어떨까? 역사를 들여다보면, 아니 지금도 그런 사람이 많다. 단지 돈을 벌기 위해 음식을 만드는 사람도 어느 정도는 그럴 것이다.

사랑과 정성이 깃든 음식이라야 배부르다. 참 사람은 복잡하고 미묘한 동물이다. 같은 재료로 같은 과정을 거쳐도 마음 때문에 다른 음식이 된다. 규격화된 정크 푸드는 얼마나 병든 음식인가. 생각만 해도 가슴이 아려온다.

집에서 만드는 '중국집 볶음밥'

볶음밥을 맛있게 만들려면 찬밥으로 만드는 게 좋다. 따뜻한 밥은 세상과 부대끼며 단련되지 못했기 때문에 여물지 않다. 뜨거운 불과 싸우며 밥 한 알 한 알이 기름을 만나야 하는 고난을 생각하면 역시 찬밥 이미지 아닌가.

고슬고슬한 중국집 볶음밥이 순전히 '불'맛이라고 하는 건 거짓말이다. 그 맛의 비결은 볶아내는 순서에 있다.

먼저 준비할 것들을 짚어보자. 말하나 마나 거의 언제나 필요한 양념은 마늘 다진 것, 대파 잘게 썬 것이다. 조금 맵게 먹고 싶다면 청양고추나 청양고추보다 다섯 배는 더 매운 쥐똥고추(태국고추)를 준비한다. 기타 향신료는 취향대로.

채소는 양파와 당근을 넣는 게 좋겠다. 버섯을 넣어도 좋다. 건강에 좋으니까. 사실 채소는 집에 있는 것들을 적당히 섞어 넣으면 된다.

당근은 큐브 모양으로 썰되(깍둑썰기) 한 변이 영점오 센티 못되게 하는 게 적당하다. 당연히 양파는 좀더 크게 썰어둔다. 재료의 성질을 고려하면 뻔한 이야기다. 당근은 좀 딴딴하고 양파는 무르니까. 버섯은 좀 두툼하게 썰어두는 게 식감이 좋다. 예를 들어 양송이나 표고를 넣는다면 하나를 여덟이나 열 조각이 될 정도로 썰어둔다.

그리고 질 좋은 돼지고기와 달걀이 필요하다. 돼지고기는 일센티 큐브처럼 적당히 잘게 썰고, 달걀은 그릇에 풀고 잘 저어둔다. 새우볶음밥을 만들고 싶다면 이 과정에서 돼지고기를 빼면 된다. 새우는 나중에 넣을 거니까.

맨 먼저 프라이팬에 기름을 조금 두르고 다진 마늘을 조금 넣고 곧 돼지고기를 볶는다. 웬만큼 익었다면 대파와 고추를 넣는다. 기름에 마늘, 돼지고기, 대파의 맛과 향이 배게 만들고, 그 기름으로 밥을 볶을 것이다. 적당히 익으면 돼지고기와 대파는 꺼내둔다.

이번에는 프라이팬에 달걀을 넣고 아주 조금 익히다가 찬밥을 넣는다. 지금 프라이팬에는 달걀과 찬밥만 있다.

이 순서가 중요하다. 밥을 볶는 시간이 대략 오 분 정도. 셰프의 설명에 따르면 달걀과 밥을 섞어가며 볶는 과정에서 밥 한 알 한 알이 잘 코팅된다고 한다. 뭉쳐진 밥을 두드려 풀고, 젓고 뒤집고…… 적당히 익으면 약간 눌어붙게 만든다는 기분으로 팬에 좍 깔았다가 마치 전을 부치듯 여러 번 뒤집는다. 팬을 앞으로 밀면서 들어올리면 잘 뒤집어진다. ㅎ! 하다 보면 찬밥이 중국집에서 나온 볶음밥처럼 만들어진다.

밥을 잘 볶은 뒤에야 채소를 넣고 다시 볶는다. 이때쯤 간장을 치는 게 좋겠다. 팬을 한쪽으로 기울여 내용물을 한쪽으로 몰아놓고 빈 자리에서 데운 다음 볶아지는 것들과 섞는다. 채소가 다 볶아질 때쯤 앞에 익혀두었던 돼지고기와 파를 넣어 섞고 볶는다. 이때 물을 조금, 그러니까 밥숟갈로 두세 번 정도의 양을(앞에서 간장처럼) 넣고 다시 볶는다.

내 경험으로는 이렇게 계속 볶다 보면 '타는 것 같은 느낌'이

드는데, 물이 그 문제를 해결해주는 것 같다. 역시 셰프의 팁이다.

이 볶음밥을 그릇에 담아보았더니 보기도 좋다.

이 볶음밥과 찰떡궁합은 짬뽕 국물인데, 그건 볶음밥보다 더 복잡하다. 내일은 그거 만들어볼까 싶다. 만들어보고 써보려 한다. 볶음밥은 정말 쉽고 맛있다. 순서만 제대로 지키면!

오이나물이 외로워 보여서

프라이팬에 물을 두르고 갈아둔 마늘을 조금 넣고 불을 켠다. 끓으면 채로 썬 오이를 넣고 볶는다. 하다 보면 물이 마르고 오이도 익은 색을 낸다. 불을 끄고 나물 무칠 큰 그릇에 옮긴다.

잘게 썬 대파와 청양고추, 들깻가루, 깨소금, 들기름을 적당히 넣고 무친다. 무친 것을 작은 반찬 그릇에 예쁘게 담고 랩을 씌운다. 식탁 위에 올려두고 내 방으로 돌아온다.

그것만 해달라고 했지만 아무래도 안 되겠다. 글을 쓰다 말고 나가서 같은 방법으로 버섯나물을 하나 더 만들고 콩나물국을 끓였다.

좋은 콩나물에 다진 마늘을 조금 넣고 물은 콩나물이 잠길 정도 붓고 끓인다. 삼 분 정도면 될까? 마늘을 넣고 끓이면 쉬 넘치니까 옆에서 잘 지켜보아야 한다.

팔팔 끓인 다음 청양고추 반 개, 버섯 조금, 두부 조금 고명처럼 넣고 다시 끓인다. 되었다 싶으면, 잘게 썰어둔 대파를 보기 좋을 만큼 얹고 그 위에 들깻가루를 뿌린 다음 들기름을 조금 친다. 냄비 뚜껑을 닫고 방으로 돌아오기 전에 짧은 편지를 쓴다.

오이나물만으로 아침 먹겠나 싶어서 좋아하는 콩나물국을 끓였어. 버섯나물도 했고. 식탁에 차려둔 것들 가운데 콩나물국만 전자레인지에 넣어 일 분만 데우면 돼. 혼자라도 아침 잘 챙겨 먹어. 맛있게. 약도 잊지 말고.

웃기는 짜장

아이쿱에서 새로 개발한 안심짜장면을 끓였다. 안심하고 웃고 싶어서. 당연한 말이지만 짜장면을 제대로 먹고 싶다면 면에 든 스프로 그냥 비빈다고 되는 게 아니다. 건더기가 없는 건 아니지만 그걸로는 절대로 충분치 않다.

돼지고기, 당근, 양파, 감자를 깍둑썰기해서 볶고, 거기에 짜장 스프를 넣고 다시 조금 더 볶아야 '중국집 간짜장' 맛이 난다.

가장 맛있는 부위의 돼지고기를 깍둑썰기한 것처럼 썰어서 볶는다.

썰기가 귀찮다면 찌개용 한 팩을 사서 쓰면 된다. 프라이팬에 기름을 아주 조금만 두르고 갈아둔 마늘을 좀 넣고 잘 섞이게 한 다음 돼지고기를 넣고 볶는다. 약한 불이 좋다. 마늘을 태워버리고 싶지 않다면.

그다음에는 당근과 감자를 넣고 볶다가 마지막에 양파를 넣는다. 양파가 '투명에 가까운 블루'로 얼굴색을 바꾸면 다 볶은 것으로 친다(사실은 그러기 일보 직전에 그만 볶는 것이 좋은데…… 그걸 우찌 설명하냐고요). 그것들을 프라이팬 한쪽으로 모으고 빈 공간에 다시 아주 약간의 기름을 치고 거기에 짜장 액상 스프를 짜낸다. 그것을 '다른 볶은 것들'과 함께 뒤섞어가며 볶는다. 탈 것 같은 걱정이 들면 물을 두어 스푼 붓고 볶으면 된다. 기름은 너무 많이 쓰지 말자.

환상적인 맛을 내는 간짜장이 만들어졌다. 아니, 면이 어디 갔지? 짜장 만드느라 신이 나서 면 삶는 걸 잊었다. 어쩔 수 없다.

간짜장이 마르고 닳지 않도록 최대한 채비해두고, 면을 삶아야지 뭐.

라면류는 센 불에 팔팔 끓여 삶아야 맛있다. 그쯤은 오랫동안 라면에 단련되었을 테니 다들 알고 있을 거라고 믿고.

완두콩이 있으면 짜장에 얹어 먹으면 왠지 모르게 맛있다. 당연히 짜장면 위에는 채로 썬 오이 조금, 삶은 달걀 반개를 앙증맞게 올려야 한다.

이렇게 만들어 내놓았더니 다들 '먹고 죽자'면서 폭풍흡입을 한다.

이거 원. 살리려고 만든 건데.

위로의 동태전, 그리고 감자전

검푸른 바다, 바다 밑에서
줄지어 떼 지어 찬물을 호흡하고
길이나 대구리가 클 대로 컸을 때
내 사랑하는 짝들과 노상 꼬리치며
춤추며 밀려다니다가
어떤 어진 어부의 그물에 걸리어
살기 좋다는 원산 구경이나 한 후
에지프트의 왕자처럼 미이라가 됐을 때
어떤 외롭고 가난한 시인이
밤늦게 시를 쓰다가 쇠주를 마실 때, 크
그의 안주가 되어도 좋다
그의 시가 되어도 좋다
짝짝 찢어지어 내 몸은 없어질지라도
내 이름만 남아 있으리라
명태, 헛, 명태라고, 헛
이 세상에 남아 있으리라

이 노래는 가사가 좋다. 아, 노래도. 오래전 이 노래를 듣고 얼마나 행복했는지 모른다. 어린 시절 일이다. 노가리가 주인공인 가곡, 그 아이러니가 즐거웠다.

지나치게 인간 중심인 가사이긴 하다. "내 사랑하는 짝들과 노상 꼬리치며 / 춤추며 밀려다니던" 명태 입장에서는 노가리가 되어 스스로를 찢어가며 사람을 위로해주고 싶었을까, 과연. 그가 외롭고 가난하든 말든, 시인이든 소설가든 아니든.

그럼에도 불구하고 명태는 위로가 되었다. 대구만큼 비싸지 않고, 그 담백하고 고소한 맛에 젖어들게 해준다. 인간이기 때문에 인간 중심적인 사고방식에서 완전히 벗어날 수는 없다. 힘들고 지친 날에는 생명을 약탈해야 살아갈 수 있는 잡식성 동물의 운명을 겸허히 받아들이자.

위산이 많이 분비되는 사람이 있다. 기름기를 뺀 식사를 오래 하면 귤 한 쪽만 먹어도 다 토해낸다. 비타민 C가 그렇게 좋다고 해도 어쩔 수가 없다. 희한하게도 감자는 괜찮다. 비타민 C가 많은데도. 신맛이 없어서인지 토하지 않는다. 명태전을 먹고 나면 위장에게는 더 깊은 위로가 되나 보다. 구토가 멎는다.

하나씩 만든다. 감자전부터. 감자 둘, 양파 하나를 잘 씻어서 믹서에 갈아서 기름 두르고 '전을 부치면' 된다. 쉽고 간단하다. 감자에 쪽파를 조금 넣어도 괜찮다. 부추를 넣어도 좋고. 무농약이나 유기농 채소가 아니면 식초 물에 오 분쯤 담갔다가 쓰면 된다.

동태는 전감을 판다. 유기농 매장에서 사는 이유는 실험실에서 검증한 다음 판매대에 올리기 때문이다. 전감을 사면 그 뒤는 간단하다.

레인지에 해동해서 물기를 뺀 다음, 통밀가루를 두어 숟갈 넣은 비닐봉지에 투척한다. 강황 가루도 조금 넣고. 그런 다음 봉다리 입구를 잡고 흔들어준다. 밀가리가 전감에 고루 묻도록. 아, 밀가리가 뭐냐고? 봉지에 담긴 것은 밀가루, 봉다리에 담긴 것은 밀가리다. 죄송……

전감에 통밀가리를 입힌 봉다리를 내려놓고, 대접에 달걀 하나를 풀고 흰자와 노른자가 잘 섞이도록 힘차게, 그러나 조심스럽게 젓는다. 냉장고에 오래 두었던 달걀이라면 레인지에서 십 초 정도 데우는 것이 좋다. 그러지 않으면 엉켜서 잘 섞이지도 풀리지도 않을 테니까.

통밀가루 입힌 동태 전감을 달걀 푼 그릇에 넣고 달걀을 잘 입힌다. 프라이팬에 현미유를 조금 두르고 뜨거워지면 전감을 올린다. 약한 불로! 약한 불로! 금방 익는다.

노릇노릇하게 익으면 예쁜 접시에 두 개쯤은 담는다. 어떻게 정 없이 하나만 주나. 하나만 먹어도 두 개는 담는다. 두 개 먹을 것 같으면 세 개를 담고. 갓 만든 전은 남길 수 없을 만큼 맛있다. 남으면 내가 먹지 뭐.

여러 가지 콩과 찹쌀 현미를 섞고 상황버섯 우린 물로 맞추고, 마지막에는 아마씨와 강황 가루를 올려 지은 밥과 함께 내놓는다.

꼭꼭 씹어 먹으면 고소하고 맛있는 밥이다. 물론 그것도 힘이 좋은 사람에게나 해당되는 말이긴 하다. 끝없이 피로한 사람에게 이 거친 밥은 위로가 안 될 때가 있다. 참 건강에 좋은 음식이라는 게 뭔가 궁금하다. 먹는 사람에게 스트레스를 주는 '영양이 좋은 밥'.

내가 보기에 가장 좋은 식사는 소식이다. 학자들도 소식이 가장 좋다고 말하면서도 그 이유는 잘 모른다. 다른 생명을 적게 약탈하기 때문이 아닐까. 언뜻 그런 생각이 스친다.

잡채의 눈물

오랜만에 다시 무염 잡채를 만들었다. 당면을 육수에 불리면 잡채 맛이 좀더 좋다. 맹물에 불리는 것보다. 맨 먼저 멸치, 디포리, 표고버섯, 다시마, 고추씨, 대파뿌리를 물에 넣고 우린다.

우리는 동안 돼지고기를 조금, 채 썰듯 썰어두고, 작은 당근을 반 개쯤 잘 씻어 채를 썬다. 양파는 약방에 감초 같은 것, 작으면 한 개, 크면 반 개를 조금 길쭉하게 썰어둔다. 뿌리 부분은 썰기 전에 잘라야 한다. 그러지 않으면 뭉친 덩어리가 생긴다. 위장에 좋은 양배추도 적당한 두께로 조금 길쭉하게 썰어둔다. 이 정도면 당면과 뒤섞을 채소로는 그럭저럭.

육수가 다 되었다. 볶음 재료를 마련하던 손을 잠깐 멈추고 당면을 꺼내 육수에 담갔다. 십 분이나 십오 분쯤이면 푸욱 불어날 것이다. 충분히 불려서 기름 쓰지 않고 달궈진 프라이팬에 볶으면 기적이 일어난다. 물에 불어 힘없이 축 늘어져 있던 당면이 탱글탱글, 또렷또렷해진다.

생각해보니 어제 무쳐둔 목이버섯이 남아 있다. 그것도 볶을 때 함께 넣기로 하고, 양송이 하나, 표고 버섯 하나를 적당한 크기로 썰었다. 넣을 게 끝났나? 생각해보니 무염이라 맛이 밍밍할까봐 걱정이다.

그럴 때는 청양고추가 제격이다. 매운맛으로 다른 생각을 못하게 만드는 것이다. 하나를 꺼내 잘게 썬다. 수상하다. 매운 냄새가 없다니. 작은 조각 하나를 맛보니 밍밍하다. 하나를 더 썰었다. 또 하나를 더 썰었다. 그제야 매운 냄새가 좀 난다.

이제 준비는 끝났다. 아, 시금치 두세 뿌리를 얹으면 좋을 거야. 여러 종류의 채소를 먹어야 하니까. 씻어 준비해두었다. 끓는 물에 삼십 초나 일 분쯤 데쳐서 쓸 수 있게.

기름을 조금 두르고 마늘을 섞어서 조금 볶다가 돼지고기를 넣었다. 그다음은 당근, 버섯, 양배추, 양파 순서로 넣고 볶고를 되풀이했다. 볶음질을 하다 보면 잘 볶아진 상태를 눈으로 알게 된다. 처음이라면 맛을 봐가면서 하면 되고. 잘 아는 사람에게 물어보면서 하면 되고. 사람이 없으면 인터넷에 물어보면 되고.

돼지고기와 채소를 다 볶았으면 큰 그릇에 부어놓고, 푹 불린 당면을 볶는다. 금방 탱글탱글해지지만 기름을 쓰지 않으니 자기네들끼리 점점 뭉친다. 뭉치는 낌새가 보이면 곧바로 볶아두었던 다른 재료들을 넣고 뒤섞으면서 조금 더 볶는다. 볶아두었던 것들과 섞이면서 풀린다.

다 된 잡채를 큰 그릇에 담은 다음 프라이팬에 다시 다진 마늘을 조금 넣고 살짝 데쳐놓은 시금치를 적당한 크기로 썰어 넣고 볶는다. 맛있는 잡채가 완성되었다.

이제 끝! 작은 그릇에 보기 좋게 잡채 일인분을 담고 위에는 시금치를 고명처럼 얹고 깨소금을 조금 뿌린다. 참기름이나 들기름을 그 위에 조금 쳐도 좋다.

뭔가 찜찜해서 내놓기 전에 맛을 보았다. 왜 이렇게 '간지'가 안 나는 걸까? 밍밍해도 정도가 있지. 아무리 소금이나 간장을 쓰지 않았다고 해도…… 둘러보니 청양고추를 썰어놓고 빠뜨렸다. 어쩌나? 다 볶았는데…… 에라 모르겠다. 잘게 썰어둔 청양고추 세 개를 넣고 잡채를 다시 비볐다.

"맵지 않은 청양고추도 좀 넣었어. 어때?"

"으악! 너무 매워. 도대체 그 맵지 않은 청양고추를 얼마나 넣었어?"

"큰 거 세 개."

울면서 얼음물을 마시며 잡채를 먹었다.

'아까는 왜 전혀 냄새를 피우지 않았을까? 저것들이. 나를 골리려고 작정을 했어.'

무지무지하게 매웠지만 간지는 디따 난다. 무염이라는 밍밍함을 이기는 매운맛에 눈물을 뿌리며 정신없이 먹었다. 매운 걸 잘 먹지 못하는 나도.

쥐똥으로 무친 냉이나물

냉이나물이나 시금치나물은 간단하게 만들 수 있다. 잘 씻기만 하면. 둘 다 뿌리 가까이에 흙이 숨어 산다는 사실만 알면 비교적 쉽다. 그걸 몰랐을 때, 씻어도 씻어도 흙이 나오는 시금치 때문에 얼마나 힘들었는지 모른다. 뿌리 부분을 가르고 적당한 크기로 썰어서 흐르는 물에 씻으면 된다. 그사이에 물을 끓이고.

물 올리는 걸 깜빡했다면 씻은 것을 채에 받쳐두고 잠깐 기다리면 된다. 요리할 때는 스마트폰으로 책을 듣는다. 짬이 나면 스마트폰으로 책을 본다. 듣는 것보다 보는 게 낫다. 아직까지는.

시금치나물은 삼십 초나 일 분쯤 데치면 되지만 냉이나물은 적어도 이삼 분은 걸린다(인터넷에 물어보면 사람마다 조금씩 다르다). 그러고는 양념에 잘 무치면 된다. 나물에 들어가는 양념은 다진 마늘, 잘게 썬 대파가 기본이고 재료에 따라 간장이나 된장, 고추장(또는 고춧가루), 그리고 참기름이나 들기름, 깨소금을 쓴다.

냉이는 된장이 향과 맛을 더해준다. 좋은 된장. 문제는 무염으로 만들어야 하는 탓에 고민스럽다. 된장이 조금도 들어가지 않은 냉이나물에서 맛을 느낄 수 있을까?

된장 없이 무쳐보았다.

"이게 무슨 맛이야?"

어쩔 수 없이 오 년 숙성시킨 까만 된장을 쥐똥만큼 넣고 다시 주물렀다. 된장 냄새만 더해져도 냉이나물 맛이 한결 달라진다. 쥐똥을 하나 더 넣었다. 많이 좋아졌지만 충분하지는 않다.

'무염이 안 되면 저염이라도 해야쥐. 쥐똥 하나만 더 넣을까?'

고민하다가 그냥 청양고추를 조금 다져 넣기로 했다. 매운맛으로 싱거운 맛을 잊게 만드는 진부한 전략.

투명한 유리그릇에 예쁘게 담고 그 위에 깨소금을 뿌렸다. 랩으로 싸서 식탁에 올려두고 오늘도 짤막하게 편지를 썼다.

아무래도 당근을 먼저 넣는 게 좋겠다. 딴딴하니까 오래 끓여야 '수프'가 될 테니. 칼질을 해보면 늙은호박도 무척 딴딴하다. 그래도 호박은 당근보다 무를 것 같다. 늘 당근을 먼저 넣는다.

뭐 큰 차이는 없다. 무쇠 냄비에 물을 사분의 일쯤 붓고 불을 켜면서 채소를 다듬어 넣기 시작하니까. 대파, 양파, 파프리카도 썰어 넣고…… 마늘은 두 개나 세 개쯤 얇게 저며 넣었다.

생각해보니 감자도 빨리 넣는 게 좋겠다. 퍼뜩 씻어서 껍질 벗기지 않고 잘게 썰어 넣었다. 양은 어느 정도 하느냐고? 글쎄, 이들 재료의 성질을 생각해서 적당히. '수프'를 만들 작정이니 당근 잘게 썰어야 한다. '잘게' 썰었다고 느끼지만 '수프'를 먹는 사람들은 쫌 '크다'는 반응이다. 씹는 맛도 조금 느껴보기를 바라는 마음에 그것들이 수프가 되기 전에 내놓았더니……!

물에 불려둔 말린 표고버섯도 잘게 썰어 넣었다. 물이 졸아들기 시작하면 토마토를 넣을 준비가 된 것이다. 큰 토마토 세 개쯤을 잘게 썰어 넣고 '수프'가 될 때까지 끓인다. 글쎄, 한 삼십 분은 더 끓인 것 같은데……

토마토 덕분에 걸쭉해지면 마지막으로 시금치를 조금 썰어 넣는다. 그러고 시금치가 다 익을 정도까지 조금 더 끓여서 담아낸다. 먹어본 사람들은 모두(다 식구들이지만) 명품이라고 추켜세운다. 계속 먹을거리를 만들기를 바라는 독려용 칭찬이 틀림없다.

어쨌든 아내가 정말 맛있게 먹었다. 그러면 됐지.

아차차, 브로콜리 이야기를 빼먹었다. 브로콜리는 따로 쪄냈다. 다 만든 수프를 하얀 그릇에 담고, 거기에 갓 짜낸 레몬 주스를 한 스푼 정도 두르고 아마씨 가루 내지는 들깻가루를 뿌린다. 입맛에 따라서는 후추를 뿌리는데, 이 가루들은 모두 그 자리에서 갈아 쓰는 게 좋다.

재료가 좋으면 조금 엉터리로 해도 그럭저럭 맛있으니까. 이 순간 밑도 끝도 없이 아이작 뉴턴이 왜 떠오르는 걸까? 뉴턴은 신비론에 빠져 있던 연금술사였기 때문에 현대과학의 초석이 된 『프린키피아』를 쓸 수 있었다. 숫자 조작까지 서슴지 않으면서!

바나나는 타임머신을 타고

불은 타임머신이다. 아직 덜 익은 바나나를 익혀 먹으려면 여러 날이 흘러야 한다. 불에 올리면 십오 분에서 이십 분이면 익는다. 프라이팬에 올리고(기름 같은 것 두르지 말고) 중불에 십오 분에서 이십 분 정도 굽는다. 껍질이 새까맣게 되도록 구우면 잘 익은 바나나 맛이 난다.

오늘 처음 해봤다. 그래야만 했으므로.

아내가 맛있게 먹었다. 아주 조금이었지만.

웨지감자, 민어찜, 감자라면, 아니 식빵에 잼

주부들이 가장 맛있어하는 음식은 '남이 해주는 것'이라는 말에 깊이 공감한다. 요즘. 누군가를 위해 만들 때는 두세 시간이 걸려도 하지만 내가 먹을 건 왜 이렇게 하기 싫을까. 천성적으로 게으른 탓이라고 생각하고 만다. 중요한 일도 아니니까.

오늘은 웨지감자튀김과 민어찜을 했다. 어젯밤에 무쳐놓은 쥐똥 냉이무침이 아직 남았고, 말 그대로 온갖 채소를 두 시간 고아서 갈아둔 채소수프가 있고, 여러 가지 콩과 찹쌀현미, 아마씨 가루, 강황 가루를 넣고 상황버섯 우린 물로 지은 밥에 잣, 호두, 땅콩을 갈아 넣고 끓인 죽이 있으니. 감자튀김을 만들 때 감자를 삶을 테니까, 그 물로 감자국을 끓이면 된다.

웨지감자라고 하는 감자튀김은 말 그대로 쐐기(웨지) 모양으로 썰어서(감자를 팔등분하면 쐐기 모양이 된다) 끓는 물에 넣고 십 분쯤 끓여서 꺼내 채에 받쳐둔다. 신맛 때문에 비타민 C를 먹지 못하는 사람에게는 감자가 좋다. 비타민 C의 보고이니까.

그사이에 다양한 향신료를 준비한다. 소금이나 설탕, 꿀, 버터나 치즈 같은 것을 쓰지 않을 것이니 다양한 향신료가 답이다. 파슬리 가루에서부터 후추, 피클양념, 바질, 산초 등등을 적당히 섞어둔다. 다른 것이 있으면 '원하는 대로' 섞는다. '간지'가 필요하면 후추나 산초처럼 센 향과 센 맛을 가진 것들을 조금 더 넣으면 된다.

적당한 프라이팬에 기름을 두르고 달군 다음 삶아둔 감자를 올린다. 취향이긴 하지만 기름을 많이 할 필요는 없다. 센 불에 빠르게 익혀내는 게 좋다. 그사이에 준비한 향신료를 뿌리면서.

이거, 생각보다 맛있다. 아이들을 위한 간식이라면 토마토 케첩이나 꿀을 연하게 만들어서 찍어 먹게 해주면 된다. 꼭 그럴 필요는 없지만.

저녁을 위해 민어를 쪘다. 생선요리는 생선이 좋으면 별로 할 게 없다. 대구탕도 아주 싱싱하고 좋은 대구만 있으면 무를 좀 썰어 넣고 그냥 끓이기만 해도 맛있다.

찜도 어려울 게 별로 없다. 가게에서 다 장만해 주니까 살짝 씻기만 하면 된다. 꺼내 보았더니 '아직' 지느러미가 붙어 있다. 가위로 다 잘라내고 물로 씻었다. 내장 뺀 곳과 아가미 부분을 조금 더 깨끗하게 씻고 적당한 크기의 접시에 올려서 찜기에 넣었다.

민어 위에는 길게 채 썬 대파를 덮듯이 올린다. 뚜껑을 닫고 불을 켠 다음 가스레인지 타이머를 십 분으로 맞추었다.

보통 같으면 맛있는 간장을 만들어야 하겠지만 무염식단이니 생략한다. 생선살만으로도 충분히 맛있다. 참고로 맛있는 간장 만들기는 쉽다. 물론 일단 좋은 간장이 필요하고, 거기에 마늘 조금, 쫑쫑 썬 대파, 올리고당, 참기름(또는 들기름)을 적당히 잘 섞으면 되니까.

감자튀김은 거의 다 먹고 조금 남겨두었다. 민어찜은 아직 찜기에서 꺼내지 않았고, 채소수프는 갈아서 그릇에 담아 아마씨 가루까지 얹어놓았고, 견과류를 갈아 넣고 쑤어둔 죽도 떠놓았다.

이상하게 아무리 쳐다봐도 나는 먹고 싶은 마음이 생기질 않는다. 이럴 때는 라면이 제일이다. 생협에서 사 온 감자라면이 좋겠다. 신김치, 돼지고기도 좀 넣고, 당면과 떡도 조금 넣고. 생각해 보니까 그것도 아니다. 식빵에 잼이나 좀 발라서 먹는 게 좋겠다. 배가 고프지 않으면 먹을 필요가 없으니까.

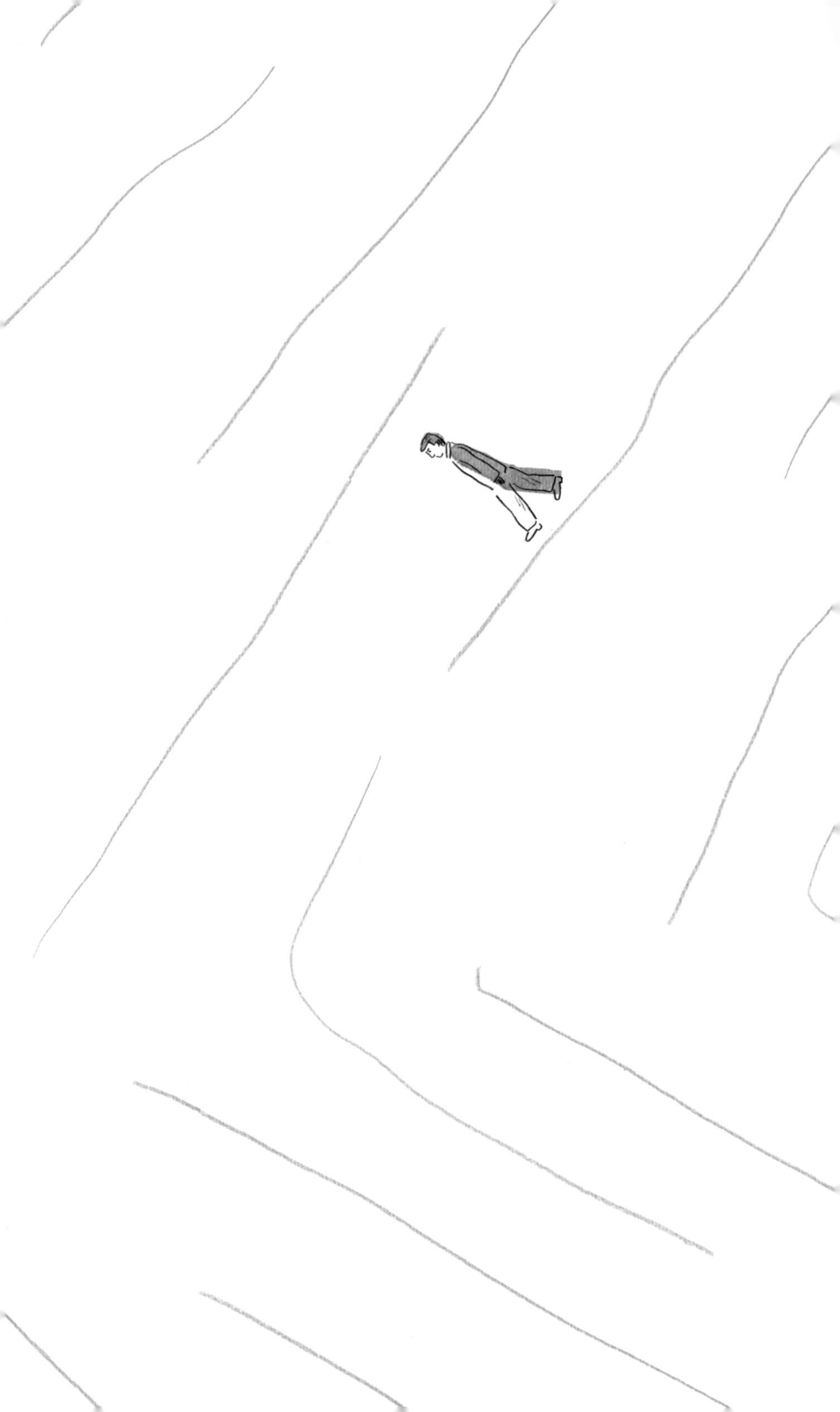

나가사키 짬뽕의 서론과 본론

나가사키 짬뽕을 만들면 부엌이 전쟁터가 된다. 온갖 재료가 다 들어가는 음식이라 여기저기에 재료가 널브러진다. 음식을 다 만들고 나서도 정리하는 게 만만치 않다.

백과사전을 찾아보면 나가사키 짬뽕에 들어가는 면에 대한 이야기부터 나온다. 원조 나가사키 짬뽕은 면이 아주 쫄깃하고 맛있었다고 한다. 내가 만들어본 면으로는 아이쿱에서 파는 우동면(냉동)이 가장 좋았다. 냉동면은 잘 해동해서 잘 익히고 잘 씻어야 하지만.

만들어보면 알겠지만 어려운 건 없다. 다만 손이 많이 간다. 진한 국물에 많은 것들을 한꺼번에 넣고 끓이는 것이니. 굳이 나누면 세 단계가 된다. 국물 준비, 건더기 준비, 냉동면 삶기.

맨 먼저 국물이다. 원조 국물에 대한 설명을 보면 돼지잡뼈 국물과 닭고기 육수를 섞어서 만든다. 아직 그래보지는 못했다. 가장 쉬운 방법은 식품가게에서 파는 곰국물을 쓰는 것이고, 집에서 만들어 쓴다면 다음 세 가지 가운데 하나를 선택하면 된다.

가장 간단한 방법은 맛국물(다시)을 만들어 쓰는 것이다. 멸치, 디포리, 대파뿌리, 다시마, 고추씨를 넣고 이십 분쯤 끓이면 된다. 예민한 분들을 위한 비린내 제거 방법은 인터넷에 물어보시길.

그다음은 돼지 등뼈를 고는 것이다. 이건 하루 전에 미리 해놓아야 한다. 돼지 등뼈는 무척 싼데다가 고기도 많이 붙어 있어서 푹 고면 국물도 좋고 고기도 꽤 먹을 수 있다. 순서는 이렇다. 전날 밤에 돼지 등뼈를 찬물에 담가둔다. 아침에 일어나 그 물은 버리고 등뼈는 찜통에 넣고 끓인다. 이때 한참 끓이는 것이 아니라 등뼈에 붙어 있는 기름과 잡물을 제거하는 것이다. 끓으면 다시 이 물은 버리고 등뼈를 깨끗하게 씻는다. 이렇게 깨끗하게 씻은 등뼈를 곤다. 생강과 마늘을 통째로 넣고 함께 곤다. 나가사키 짬뽕을 위해서는 아주 진한 국물보다는 조금 연한 게 좋다. 취향이지만.

마지막으로 채소 육수다. 이건 세 시간쯤 걸리고 손이 아주 많이 간다. 말 그대로 온갖 종류의 채소를 넣고 두 시간쯤 우려내는 것이다. 재료 손질하는 데 빨라도 삼십 분은 걸릴 것이다. 열댓 가지 이상의 채소를 준비해야 하니까. 채소 육수도 상당히 맛있다. 건강에도 좋고. 채소 건더기는 갈아서 수프로 먹어도 좋다.

육수 이야기가 길었는데, 서론이 길면 본론이 짧다. 육수가 서론이라면 국물에 넣을 재료 만들기가 본론이다. 이 재료는 언제나 똑같을 필요는 없지만 대충 다음과 같다.

돼지고기, 닭고기, 생선, 잔새우, 오징어, 굴, 조개, 대파, 숙주, 양파, 당근, 양배추, 죽순, 표고버섯, 목이버섯, 몇 가지 어묵…… 이렇게 다양한 재료를 쓰면 준비도 준비지만 뒷정리가 만만치 않다. 다 조금씩 넣는다는 뜻이고 다 조금씩 남는다는 뜻이다.

이런 재료를 '준비'한 다음 적절한 순서에 따라 볶는다. 숙주만 빼고. 숙주는 다 끓인 뒤, 먹기 직전에 넣을 것이다.

처음에는 기름을 조금 두르고 마늘과 양파, 대파를 넣으면서 시작한다. 참고로 해산물은 나중에 넣는데, 특히 오징어는 맨 나중에 넣는 게 좋다. 오래 익히면 질겨서 먹기 힘들다. 잘된 일이다. 오징어는 장만하는 데 손이 좀더 간다. 껍질을 벗기고 칼집을 넣어야 하니까.

건더기가 다 볶아졌으면, 마련해두었던 국물을 붓고 끓이는데, 간을 위해서는 굴소스를 쓴다. 매운 맛을 위해서는 쥐똥고추 두 개 정도, 청양고추 하나 정도가 좋다. 당연한 말이지만 양에 따라서 잘 조절해야 한다. 쥐똥고추는 은근히 무섭게 맵다.

냉동면 삶기는 봉지에 쓰여 있는 대로 따라 하는 게 좋다. 잘 해동시켜서 끓는 물에 넣고 삶으면 엉키지 않고 맛있게 된다. 절대로 냉동 상태로 삶으면 안 된다. 그랬다가 낭패를 보았다.

이렇게 오랜 시간이 걸리고, 엄청나게 다양한 재료가 들어가는데 맛이 없다면 이상한 일이다. 어마무쉬하게 맛있다. 발우공양한 뒤처럼 설거짓거리가 안 나온다. 아, 물론 준비하면서 어질러진 것들까지 설거짓거리라면 아직 할일이 많지만.

시간으로 만든 채소수프

나가사키 짬뽕 국물에 대해 이야기할 때 채소를 고아낸 국물도 무척 맛있다고 말했다. 맛의 종류와 느낌은 동물성 곰국과 아주 다르지만. 게다가 채소 고아낸 물은 거의 만병통치에 가까울 만큼 건강에도 좋다.

히포크라테스 수프라는 이름까지 붙은 것이 있다. 면역력을 높여서 병을 이겨내게 해준다고 알려졌다. 몸에 좋은 여러 가지 채소를 오랫동안 곤 다음 믹서에 갈아서 만든다. 자료를 보면 '여러 가지' 채소가 무엇인가에 대해서는 조금씩 다르다. 당연한 일이다. 사람은 다 비슷하면서도 다르다. 비슷하지만 다르게, 자기에게 맞추어 재료를 구성하고 고아내면 된다.

예를 들면 이런 구성도 있다. 셀러리, 파슬리뿌리(있으면), 마늘은 꼭, 대파(leek, 서양대파), 토마토, 양파, 감자, 파슬리 조금.

어떤 것을 어느 정도 넣는가 하는 것도 다 조금씩 다르다. 요즘 들어 먹을거리를 검색하다 보면 '사실' 채소는 거의 모두 건강에 좋고, 면역력을 높이고, 항암 작용도 있다고 한다. 노화 과정은 암화 과정이다. 항암 작용이 있다면 결국 젊음을 유지하는 데도 효과적이라는 뜻이다.

건강이 아주 좋지 않은 사람들은 이런 수프도 부담스러울 때가 있다. 그럴 때는 고아낸 물만 마셔도 좋다.

아홉시쯤 시작했나 보다. 냉장고의 채소 박스를 다 뒤져 온갖 종류의 채소를 꺼내놓았다. 고구마, 감자, 무, 양배추, 적양배추(적채), 셀러리, 호박, 브로콜리, 파프리카, 당근, 우엉, 연뿌리, 마늘, 대파, 냉이, 달래, 방울토마토, 양파, 파슬리 가루, 말린 표고버섯, 노루궁뎅이버섯, 도라지……

양배추를 조금 더 썰어 넣으려 했다. 위장에 좋다니까. 감자도 조금 더 넣으려 했다. 비타민 C 때문에. 다 조금씩 더 넣고 있었다. 모두가 나름대로의 이유로 좋기 때문이다. 생각을 그만두고 손에 잡히는 대로 조금씩 썰어서 작은 찜통에 넣었다.

아마 모두 반 주먹에서 한 주먹 사이였을 것이다. 하나 마나 한 말이지만 파슬리 가루 같은 것은 '조금'이다. 그래도 스무 가지쯤 되니 금방 찜통의 반을 넘어선다. 상황버섯 우린 물을 일 리터쯤 붓고, 나머지는 맹물로 채웠다.

불을 약하게 한 다음 가스레인지 타이머를 세 시간으로 맞추었다.

"뭘로 만든 거야? 너무 좋아. 맛있고 잘 넘어가고."

언제나 먹을 수 있는 맛이 중요하다. 그래야 '넘어간다.'

"스무 가지도 더 되는 채소를 찜통에 세 시간쯤 고아낸 거야. 아주 간단해."

"채소 씻고 다듬는 일이 무척 많았겠네."

"다행이다. 수프는 이걸로 되었으니. 식사는 뭘 만들어줄까?"

아주 예민한 페친도 있구나. 나는 표정을 애써 감췄는데. 그분은 요즘 포스팅한 '요리 이야기'에서 슬픔을 느꼈다고 한다.

어제는 서울에서 인문학 강독회가 있었다. 전문가 수준의 요리 솜씨를 가진 한 제자가 자리에 앉으면서 불쑥 말을 꺼냈다.

"선생님, 그 요리 이야기를 책으로 꼭 내셔요."

나로서는 궁금했다. 그게 책이 될까? 된다면 무슨 의미가 될까? 나는 아직 개인적인 생각을 다룬 에세이는 낼 때가 아니라고 생각하는데……

게다가 그 글은 내 기억을 위해 쓰기 시작한 것이다. 집안의 먹을거리를 내가 장만해야 했다. 인터넷을 검색해서 따라 해보았다. 날마다 다른 메뉴를 생각해야 했고 며칠 지나서는 해본 것을 다시 할 때도 있었다. 그런데 이런, 아무것도 떠오르지 않았다. 하다못해 콩나물국이나 콩나물무침을 만드는데도 순서와 재료가 조금도 기억나지 않았다. 부엌에 들어가면 머릿속이 백짓장이 되었다. 다시 서재로 돌아와 레시피를 한참 찾아보고 외워서 나갔다. 그래도 쉽지 않았다. 몸에 배지 않아서 그랬을 것이다.

아무래도 안 되겠다는 생각에 글을 쓰기 시작했다. 그 건조한 레시피에 감정이 실리다니. 나도 믿을 수 없었다. 슬픈 이야기는 쓰지 않은 것 같은데……

다른 제자들에게도 물어보았다.

"요즘 내가 쓰는 음식이야기가 슬픈가요?"

"예."

대답이 다들 비슷했다. 내가 얼마나 둔한지 다시 느낀다. 사실 그런 공감을 처음 전해 들은 것은 이틀 전 유명한 출판편집자 한 분에게서였다.

"저만 그런지 몰라도 요리 설명인데도 아주 절실하고 사무칩니다. 책으로 내고 싶습니다."

얼마나 놀랐는지 모른다. 절실하고 사무치는 마음으로…… 그랬을지는 모르지만 숨기려 했던 표정이다. 그게 다 드러났다니. 부끄럽다. 정말 책으로 나올 수 있을지는 모르겠지만 여기에 우선 더하고 싶은 말이 있다. 슬픈 공감을 댓글로 달아준 그 페친 분께도 했던 말이다.

"이 건조한 글에 공감해주셔서 기쁩니다. 슬픔이야 늘 그림자처럼 우리를 따라다니지요. 무심한 얼굴을 보이려 애썼는데도 공감해준 친구가 있다니 저는 참 행복한 사람입니다. 그렇지만 저는 슬픔보다 기쁨을 나누고 싶어서 글을 씁니다. 밤늦게 먹을거리를 만든 다음 식탁에 앉아 짧은 편지를 쓸 때도 그런 마음이었어요. 제가 쓴 요리 이야기에서 기쁨도 함께하면 얼마나 좋을까요."

"고마워요."

늘 고맙다. 때가 되면 꼭 선물을 마련해 보내온다. 잊지 않는 마음이 얼마나 고마운지. 이번 설에는 굴비였다. 힘든 상황 속에서도 굴비屈非하라는 마음일까. '굴비'는 뜻을 굽히지 않는다는 뜻이다. 응원해주는 제자들이 있다는 것만으로도 얼마나 고마운지!

찜을 하면 되겠지. 민어찜과 뭐 그리 다를까. 그래도 혹시나 하는 마음으로 인터넷에 물어보기로 했다.

쌀뜨물에 십 분쯤 담가놓으면 좋단다. 우리 집에는 쌀뜨물이 사라진 지 오래다. 쌀뜨물 만들자고 쌀을 사서 씻을 일도 아니고. 찹쌀가루를 물에 타서 쓰면 된다고는 하지만, 너무 아깝다.

굴비 손질하는 이야기는 다 비슷했다. 칼로 꼬리 쪽에서 머리 쪽으로 긁어가면서 비늘을 깨끗하게 쳐내라. '그러지 뭐.' 어렵지 않게 해낼 수 있었다. 아가미 쪽으로 나무젓가락을 넣어서 내장을 빼내라. '엥, 뭐라고?' 글만으로는 이해할 수 없었다. 굴비를 들고 자세히 들여다보았지만 어떻게 하라는 건지……?

굴비를 장만했다면 반으로 잘라서 안치라고도 하고, 칼집을 넣고 양념을 하라고도 한다. 안칠 때에도 다시마를 깔거나 시래기를 까는 것이 좋다고 한다. 굴비가 냄비 바닥에 들러붙지 않도록. 다시마 맛과 향, 시래기 맛과 향을 떠올려 보았다. 어떤 것이 얼마나 잘 어울릴까? 자신이 없다.

어떻게 해주면 좋을지 물어보지 뭐.

"비린내를 없애기 위해 생강 물이나 생강 가루, 그리고 청주도 좀 넣으라고 하는데……"

"다 필요없어. 장만해서 쟁반에 받쳐서 찜기에 넣고 찌기만 해. 말린 조기 살만으로도 충분히 맛있는데 뭐하러 쓸데없이 양념을 해?"

"내장을 빼라던데……?"

"안 빼도 돼."

"지단 부쳐서 올려줄까?"

"모양 안 내도 돼."

그랬다. 너무나 간단했다. 장만해서 쟁반에 받쳐 십 분쯤 쪘다. 아내와 아들 접시에 한 마리씩 담아 주었더니 말도 못하게 맛있다며 살을 발라먹는다. 나도 맛보라며 살 한 점을 떼어내 먹여준다.

"맛있네. 굴비 먹고 굴비하자!"

눈을 크게 하고 고개를 든다. 무슨 뜻?

"굴비는 뜻을 굽히지 않는다는 뜻이야. 굴비가 그럴 수 있도록 도와주는 건가봐. 굴비에는 좋은 단백질과 비타민 A와 D가 풍부하고 지방이 적어 소화도 잘 된대. 몸이 약한 사람에게 무척 좋다니까."

가시를 발라내며 잘 먹는 모습을 보다가 다시 부엌으로 나갔다. 남은 조기들을 '장만'한 다음 한 마리씩 비닐에 싸서 냉동실에 넣었다.

스타벅스에서 사온 벤티 사이즈 라떼를 작은 컵에 조금 따라서 데웠다. 남은 것은 냉장고에 넣어두고. 통밀로 만든 모닝빵 하나, 치즈크림 조금, 블루베리 잼 조금을 발라 들고 내 방으로 돌아왔다.

귀가 간지럽다. "굴비하세요, 선생님." 말이 들리는 듯하다. 굴비찜 때문에 괜히 불끈.

어쨌든 설날에는 '그리운' 떡국을 먹기로 했다. 그리운 사람들도 집에 오면 그 떡국을 찾을 테니. 그러려면 꾸미를 만들어두어야 한다.

재료는 소고기 두 근(양지머리 한 근, 갈아놓은 소고기 한 근), 굴 두 봉(600그램 정도)과 새우살 한 봉(300그램 정도), 다진 마늘 잔뜩, 쥐똥고추 서너 개, 청양고추 두세 개, 그리고 좋은 간장이 필요하다. 설 장은 아들이 보러 갔다.

아들은 휴일이 시작되자 나더러 좀 쉬라고 했다. 그날 새벽에 또 한 차례 폭풍이 몰아쳤다. 가라앉히느라고 잠을 설쳐서 그랬을까, 내 방으로 돌아와 눕자마자 곯아떨어졌다. 요즘은 가끔 이런다. 평생 잠 잘 드는 사람이 부러웠는데.

꿈에서도 너무 오래 자면 안 된다고 타이르다가 깼다. 부엌으로 가보았다.

작은 찜통 가득 꾸미가 끓고 있다. 국자로 건더기를 건져보니 소고기가 잔뜩 올라온다. 양지머리는 세 시간 곤 다음 손으로 잘게 찢은 것이고, 다진 소고기는 조금 전에 넣었겠지. 국물은 양지머리 곤 물에 유기농 간장을 반병쯤 넣은 것일테고. 다진 마늘도 많이 넣고.

그래 놓고 거실에서 아들은 잠이 들었다. 감미롭고 격정적인 음악이 귀를 때려대는데.

아내의 상태는 오랜만에 아주 좋았다. 거실에서 정신없이 잠든 아들을 껴안고 얼굴을 쓰다듬고 있었다. 나를 보더니 웃는다.

"거의 다 만들었어."

그리고 남은 일이 무엇인지 설명해줬다.

"물에 담가놓은 굴 두 봉지와 새우살 한 봉지를 넣고 다시 삼십 분쯤 더 끓이고, 고명으로 얹을 지단만 만들면 돼. 김은 적당한 크기로 다 썰어뒀으니까. 아, 대파도 쫑쫑 썰어둬야 하는구나. 지단 만들 달걀은 준비해뒀어."

조리대 위에 김통이 올려져 있고, 지단을 만들기 위해 달걀 열 개를 깨서 섞어두었다.

"큰 프라이팬에 기름은 아주 조금만 두르고, 다 섞어놓은 달걀을 얇게 바르듯 펴는 거야. 그런 다음 불을 켜. 약한 불을. 기다리면 달걀이 익으면서 저절로 팬에서 분리되는 게 보일 거야. 그걸 뒤집으면 돼. 던져서 뒤집는 게 자신 없으면 뒤집개로 하면 되고."

순간 던져보고 싶은 욕심이 굴뚝 같이 인다. 시작하기 전에 창문부터 열었다. 오랫동안 켜놓은 부엌의 가스불과 음식 냄새로 공기가 나쁘다. 지금 우리에게는 아주 중요한 문제다. 바람이 많이 차지는 않았다. 다행이다. 그래도 오래 열어둘 수는 없다. 추위는 곧 통증을 의미하니까. 이럴 때는 진퇴양난보다 카르페 디엠을 떠올린다.

막상 부쳐보니 이건 어렵겠다. 얇고 커다란 동그라미가 잘 뒤집혀 줄 것 같지가 않았다. 접히면 보기 싫게 될 텐데…… 뒤집개로 조심조심 뒤집었다. 노랗고 예쁜, 커다란 동그라미를 넉 장 만들었다. 아내가 부엌으로 오더니 부쳐놓은 달걀을 썰었다. 한 장

썰고 거실로 돌아갔다.

동그랗게 부친 달걀을 도마에 올려서 반을 가르고, 둘을 겹쳐서 다시 반을 가르면 네 겹이 된다. 그걸 아주 얇게 채로 썰었다. 조심조심. 유리그릇에 예쁘게 담았다.

대파도 한 단 쫑쫑 썰어두어야 한다. 씻어서 장만해둔 대파를 썰기 시작했다. 다시 아내가 부엌으로 와서 같이 썰었다. 금방 다 썰었다. 내가 써는 속도와 아내가 써는 속도가 비슷하다. 내 솜씨가 는 걸까, 아니면 아내가 힘이 부쳐서 그런 걸까?

"빨리 떡국 끓여줘. 먹고 약 먹어야지."

다시 거실로 돌아가면서 말했다. 조금 걱정하던 참이었다. 꾸미로 끓이면 저염식도 안 될 텐데, 싱겁게 따로 끓이면 되겠지 뭐. 금방 알아챘다.

"오늘은 그냥 같이 먹을래."

단식을 하면 분명히 살이 빠진다. 온몸의 면역 기능이 최대로 가동된다. 점점 건강해진다. 문제는 계속 굶을 수는 없다는 것이다. 먹기 시작하면 다시 '보통'의 상태로 돌아간다. 살도 찌고 면역 기능도 보통으로. 습관은 아무 일도 없었다는 듯 몸을 원래 스타일로 돌려보낸다.

가벼운 병이었다면 한두 주쯤 단식하고 다시 먹기 시작할 때 잘 조절하면 씻은 듯이 낫기도 한다. 많이 아픈 사람은 다시 아프다. 특히 여자들은 대개 단식하는 동안에도 명현반응으로 심하게 고생한다. 여자의 병을 고치기는 남자에 비해 일곱 배나 어렵다고 하지 않았던가.

그렇다고 해도 단식은 단식할 때보다 먹기 시작할 때가 더 힘들다. 몸이 받아내지 못할 먹을거리를 머리는 끝없이 떠올리기 때문이다. 그래도 길어야 한 달만 참으면 된다. 암과 싸우는 사람들은 일 년이나. 몸은 그리움과 싸워야 한다.

엄격한 식이요법은 간절한 '그리움'을 불러일으킨다. 누가 그리움의 고통을 이겨낼 수 있을 것인가. 일 년 동안이나. 그리움만으로도 사람은 죽을 수 있다. 그리던 얼굴을 만나면 얼마나 행복할까.

"알았어. 같이 먹어."

돼지 등뼈를 고아낸 육수를 쓰고 오후 내내 만든 꾸미로 간을 맞추어 떡국을 끓였다. 아들을 깨워 셋이서 맛있게 먹었다. 이 순간만큼은 모든 걱정 다 떨치고 그냥 맛있게. 카르페 디엠! 설날 떡국.

집이 잠들 때가 있다. 드물게. 아주 드물게. 시계 소리, 냉장고 소리까지. 깊은 잠에 빠지고 나면 진공을 걷는다. 그럴 것이다. 진공의 느낌이. 뒤꿈치를 들고 집안을 돌아다닌다. 아무 일 없는 진공이 지속되기를.

잠든 방을 깨울까 두려워 손잡이를 아주 조금씩 돌리고 아주 조금씩 문을 민다. 따뜻한 방에서 깊은 잠이 만드는 소리를 듣고는 아주 조금씩 문을 당기고 아주 조금씩 손잡이를 돌려 닫는다.

두 번 방문을 닫고 나니 갑자기 허기가 몰려온다. 마침 부엌 쪽에서 냉장고가 깨어나는 소리가 들렸다. 종종걸음으로 다가가 먹을거리를 꺼낸다. 머그에 더치커피 반, 우유 반을 넣고 레인지에서 이 분 데운다. 꺼내서 꿀 조금 넣고, 계핏가루를 뿌린다. 꿀은 쓴맛을 없애지 않을 정도, 그러면서 단맛도 조금 느낄 수 있을 만큼. 계핏가루는 날리는 꽃가루처럼.

물론 이건 바람이다. 대개는 달거나 쓰다. 드물게 바라는 대로 되기도 한다. 로또 맞는 기분과 비슷하지 않을까. 그러기를 바라는 마음으로 긴 티스푼으로 백 번 휘젓는다.

다음은 빵이다. 다행히 아직 통밀로 만든 모닝빵이 두 개 남았다. 얼마나 고소한지 모른다. 칼로 반을 가르고 잼나이프 두 개를 써서 크림치즈와 얼그레이밀크잼을 바른다. 크림치즈는 빵을 도와 배고픔을 달래고, 얼그레이밀크잼은 달콤한 키스 같다.

사이에 넣을 싱싱한 토마토 두 쪽을 마련하고, 오이피클과 검은 올리브 열매를 서너 개 꺼내 작은 종지에 담는다. 소반에 아름다운 접시를 놓고 모닝빵을 올린다. 커피와 함께.

로또 맞은 더치라떼를 맛보고 고개를 드니 눈발이 날리고 있다. 통밀 모닝빵을 베어 물고 고소하고 달콤한 맛에 젖었다가 눈을 드니 그새 눈이 그쳤다.

물론 아주 드물게 일어나는 일이다. 눈이 아무 때나 오는 것도 아니고. 마음대로 그치는 것도 아니고.

대개는 서재 책상 위에 얼그레이밀크잼 병 하나와 크림치즈병이 있다. 모닝빵은 봉지에 담겨 있고 잼나이프는 마시다 남겨둔 카페오레에 반쯤 걸쳐져 있다. 카페오레는 인스턴트 커피에 우유를 타서 백 번 젓고 레인지에 데운 것이다. 그 옆에는 물컵이 있고.

빵부스러기가 책상 위에도 책상 아래에도 조금씩 흩어진다. 통밀로 만든 모닝빵은 고소한 대신에 잘 부스러진다. 부스러기를 흘리지 않고 먹기란 거의 불가능하다. 적어도 나 같은 털털이에게는. 빵을 먹고 나서 깨끗이 치우긴 한다. 사실이다.

빵이 큰 건 아니다. 책을 보며 먹다 보면 금방 사라진다. 휘발유 냄새처럼. 이래서 살이 빠지지 않는다. 마음고생 몸고생도 다 소용없다. 웬수.

콩밥 또는 콩밥으로 끓인 잣죽

찰발아현미와 발아현미를 각각 한 컵씩 그리고 여러 가지 콩을 한 컵 반 정도 넣는다. 모두 세 컵 반쯤이다. 팥, 렌틸콩, 울타리콩, 노란콩, 쥐눈이콩, 그리고 율무도 좀 넣는다.

간단하게는 현미와 노란콩과 율무만 넣어도 된다. 발아현미를 사용하면 밥맛이 훨씬 부드럽다. 발아현미는 물을 아주 적게 먹는다. 밥솥에 표시된 것의 사분의 삼쯤에 맞추는 것이 좋다.

씻어 안친 다음 뚜껑을 닫기 전에 마지막으로 아마씨와 강황 가루를 넣으면 건강에 아주 좋다. 요즘은 식당에서도 강황 가루를 넣어서 밥을 해주는 곳이 있을 정도. 곡식 한 컵에 티스푼으로 반 정도면 된다. 물론 딱히 정해진 양이 있는 건 아니다.

아마씨는 슈퍼 푸드로 잘 알려져 있으니 인터넷에 물어보면 어떤지 쉽게 알 수 있다. 문제는 그대로 먹으면 소화가 거의 안 된다고 하니 갈아서 넣어야 한다. 곡식 한 컵에 티스푼으로 하나 정도 넣는다.

처음에는 아마씨와 강황 가루 넣는 것을 잊을 때가 많았다.

물은 상황버섯을 열두 시간 정도 우린 것을 쓴다. 차가버섯 우린 물이나 영지버섯 우린 물도 좋다. 채소를 두세 시간 정도 우린 물도.

곡식이 세 컵 반이니 물은 세 컵 눈금 표시 조금 안 되게 맞춘다. 두 컵 반 정도에 맞추면 고두밥이 된다. 소화가 잘 되어야 하니 조금 진 밥이 좋다.

물을 맞추고 한 시간 이상 불린 다음 밥을 짓는 게 좋다. 나는 두 시간쯤 불려서 짓는다. 미리 챙기지 못하면 그냥 씻어 안쳐도 괜찮긴 하다. 아무래도 불려서 지은 밥보다는 못하지만. 물 준비도 그렇지만 늘 미리 챙겨야 한다.

참, 밥솥의 차이도 있을 것이다. 지금 쓰는 것은 쿠첸에서 나온 전기압력밥솥이다. 밥솥에 따라 물 양을 조금 달리 조절해야 하지 않을까.

이 밥으로 잣죽도 끓인다. 잣을 많이 하지만 호두와 땅콩도 섞어서 한 컵 정도 갈아서 쓴다. 죽은 생각보다 끓이기 쉽다. 오래 끓여야 해서 주로 유리냄비에 끓인다.

상황버섯 우린 물을 냄비의 반쯤 붓고 밥은 한 공기 정도 넣는다. 갈아놓은 견과도. 내내 젓고 있을 필요는 없지만 눌어붙어 타지 않을 정도는 저어주어야 한다. 이렇게 삼십 분쯤 끓이면 걸쭉한 '죽'이 된다.

이 밥과 죽은 영양도 좋지만 소화도 아주 잘 된다.

요리하는 걸 좋아하세요?

“저는 말도 못하게 게으릅니다.”

누가 묻기에 그렇게 대답했다. 고개를 갸우뚱한다.

“제 소원은요,” 하고 뜸을 들였다. “소원은 이루지 못할 것들이 보통이잖아요. 그런 소원은요, 호텔에서 룸서비스 받으며 사는 거예요. 벨만 누르면 뭐든 마음먹은 대로 척척 이루어지는 호텔 생활, 자기 손으로는 아무것도 하지 않아도 되는 그런 게으름뱅이 생활이 소원인 제가 요리하기를 좋아하겠어요?”

“그래도 그건……”

“요리는 좋은 재료를 고르러 다녀야 하고, 재료를 잘 다듬어야 하고, 적당한 조리 도구를 사용해서 불을 맞추고 순서에 따라 마음 써가며 음식을 만들어야 하잖아요. 설거지와 재료 남은 것들 갈무리하는 일도 만만치 않구요. 이걸 해보니까 손가락이 욱신거리고 살갗이 아파서 잠을 못 자겠던데요. 게으른 제가 어떻게 그런 일을 좋아하겠어요?”

아, 하는 표정이 된다. 잠깐 생각하더니 다시 묻는다.

“요즘 포스팅한 걸 보면 만날 요리한 이야기던데요? 좋아하지 않는 일은 잘 하지 않는다고 하지 않았던가요?”

아, 하는 표정이 되었다. 잠깐 생각하고 대답했다.

“생각해보니까 세 가지인 것 같아요. 먹을거리를 만들어주면 사람들이 좋아해요. 내가 사람들을 즐겁게 하고, 그 얼굴을 보는 건 말도 못하게 좋거든요. 글 쓰는 일도 좋아요. ‘마음’을 써서 먹을거리를 만들고 나면 글을 쓰게 되거든요. 포스팅하고 나면 마음 맞는 사람들이 마음 써주는 것을 보는 것도 너무나 좋구요."

"그러면 호텔 소원을 이룰 일은 없겠어요."

"예, 뭐 그냥 소원이니까요. 그림이 아름다워 보인다고 실제도 그럴 거라고 믿는 바보가 어디 있겠어요."

눈처럼 하얀 밥물과 보리차

어린 시절 보리차를 많이 마셨다. 많이, 라고 쓰고 보니 정말 그랬나 궁금하다. 그때는 수돗물이나 끓인 물을 마셔야 한다고 했다. 수돗물이 드물었던 시절이다. 보리차를 많이 마셨던 것 같다. 언제부턴가 수돗물은 아예 마시지 않고 보리차도 보기 드물다.

아이를 키울 때 보리차를 다시 만났다. 열이 나고 많이 아프면 아무것도 먹지 못했다. 밥에 물을 잔뜩 붓고 두어 시간 약한 불에 끓였다. 그 밥물을 먹였다. 그것도 먹지 못하면 보리차를 끓였다. 두 시간 정도 우려내면 구수한 맛이 난다. 하루나 이틀 그러고 나면 다시 식욕이 도는지 제대로 먹기 시작했다.

흰쌀밥을 지었다. 쌀 반 컵, 찹쌀 반 컵에 생수로 물을 맞추었다. 오랜만에 보는 '순수한' 밥이다. 다 짓고 보니 하얀 눈이 내렸다. 휘젓지 못하고 한참을 들여다보았다. 김이 다 빠져나간 뒤에도. 저 눈이 녹으면 눈물이 되겠지. 눈물 같은 밥물…… 이런 순간에 어처구니없는 아재개그가 떠오르다니. 아직 갈 길이 멀다는 생각에 주걱을 들었다.

무쇠냄비에 물을 반쯤 붓고 밥을 한 주걱 넣었다. 처음에는 센 불로 끓인다. 곁에 기다리고 서 있어야 한다. 넘치면 안 되니까. 스마트폰으로 책을 들으며.

글항아리에서 나온 『이중톈의 중국사』를 듣기 시작했다. 역사의 시작, 말하자면 글을 아는 인간들 삶의 시작에 대한 이야기다. 아주 재미있다. 듣기로 끝낼 책이 아니다. 읽어보기도 해야겠다. 소설의 경우 대개 듣기로 끝낸다.

넘치려 해서 냄비 뚜껑을 열고 가라앉혔다. 오랫동안 끓일 차례다. 가장 작은 불로 두 시간 동안. 냄비 뚜껑을 아주 조금 비스듬하게 얹어놓고 서재로 돌아왔다.

타타르키비츠의 『미학의 기본 개념사』(미술문화, 1999)를 펼쳤다. 아마 칠팔 년 전쯤에 읽었을 것이다. 다시 머릿속을 정리해 둘 필요가 있어서 펼쳤다.

아차, 보리차. 다시 부엌으로 갔다. 주전자에 일 리터 반 정도 물을 붓고 센 불에 올렸다. 생협에서 사 온 볶은 보리를 두 주먹 가볍게 씻어두고 기다렸다. 그사이에 스타벅스에서 사온 카페라떼를 컵에 옮겨 레인지에 넣고 돌렸다. 이 분이면 충분하다.

주전자가 기적 소리를 냈다. 씻어둔 볶은 보리를 넣고, 역시 작은 화덕에 가장 약한 불을 켜고 옮겼다. 커피를 꺼내 들고 서재로 돌아가면서 생각한다. 내일쯤 현미밥으로 미음이나 죽을 끓일 수 있겠지. 가능하면 부드러운 생선살이나 잣을 갈아 넣고.

영양 많고 약도 되는 과카몰리

과카몰리guacamole. 아보카도 샐러드 내지는 아보카도 소스라고 번역할 수 있다. 샐러드처럼 먹어도 되고 나초를 찍어 먹는 소스가 되어도 좋다. 샐러드로 먹을 거라면 재료를 작은 사각형으로 썰어 섞으면 되고 소스로 먹고 싶다면 다 으깨서 섞으면 된다.

당연한 말이지만 아보카도가 가장 중요한데 질적인 차이가 있다. 세 개에 오천 원쯤 하는 것도 있고 하나에 삼천 원쯤 하는 것도 있다. 크기 차이이다. 부피의 차이는 그리 크게 느껴지지 않지만 실제 양의 차이는 크다. 큰 게 좋다. 그냥 조금 큰 것. 작은 수박만 한 것도 있다는데, 그게 어떨지는 잘 모르겠다.

아보카도는 열량이 많다. 다양한 영양성분도 포함되어 있다. 특히 베타카로틴 성분이 풍부하다. 노화를 늦추어준다. 노화는 암화와 비슷한 말이다. 당연히 항암 작용도 한다. 시력에도 좋고 동맥경화증에도 좋다. 피부에도 좋으리라는 건 말할 것도 없다.

과카몰리, 이름은 낯설어 어려울 것 같지만 만들기 쉽다. 잘 익은 아보카도와 토마토, 양파가 핵심이다. 준비되면 레몬즙이나 발사믹 식초를 더한다.

아보카도를 처음 사면 아주 딴딴한데 그대로 쓸 수는 없다. 이삼 일 상온에 두어 익혀야 한다. 바나나처럼. 껍질에 갈색기가 돌기 시작하고 조금 말랑해졌다 싶으면 잘라서 숟가락으로 파낼 수 있다.

껍질은 고무로 만든 것처럼 느껴질 정도로 질기다. 과일 모양대로 파내서 잘 썰어둔다. 소스로 먹을 거면 으깨면 된다. 삶은 감자처럼 쉽게 으깨진다.

비교적 큰 아보카도 하나에 중간 크기의 토마토, 역시 중간 크기의 양파 반 개 정도의 비율로 섞는다. 거기에 레몬즙이나 좋은 발사믹 식초를 좀 친다. 취향에 따라 고수나 후추를 더해도 좋다. 소스로 만들었다면 통밀빵과 먹기를 권한다. 통밀빵을 구하기가 쉽지 않다. 다른 게 없다면 그냥 과카몰리로 먹자.

언젠가부터 아내는 아보카도를 먹고 싶다고 했다. 하나로 마트에서 사 온 것은 후숙되기를 기다리다가 썩혔다. 사용자 잘못인지 원래 좋지 않은 아보카도였는지는 모르겠다. 아들이 근무하는 근처 백화점에서 다시 아보카도를 사 왔다. 삼 일쯤 지나서 먹어 보았다. 아주 맛있었다.

그날부터 아내는 하루에 반 개씩, 많이 먹는 날은 한 개도 먹었다. 아마 한 달쯤 하루도 빠짐없이. 과카몰리도 좋아했지만 그냥 아보카도 그대로. 약이 되는 과일이라 떨어지지 않도록 날마다 챙겼다.

지지난해인가? 가족들은 제주도에 다녀왔다. 그때 나는 빠졌다. 이유는 퍼뜩 기억나지 않는다. 멋진 풍광의 현대식 팬션에서 즐겁게 놀다 온 추억에 잠기더니, 그때 맛있게 먹었던 돔베국수가 생각난다고 했다.

돔베국수는 돼지고기를 잘 삶는 것이 거의 전부다. 사십 분쯤 삶아내면 된다. 마침 제주도 흑돼지 고기가 좀 남아 있었다. 딱히 수육용은 아니지만 괜찮을 것 같다.

압력솥이 있으면 좋겠지만 없다. 무쇠 냄비에 물을 채우고 돼지고기와 함께 "좋은 된장과 통마늘, 생강, 통후추, 계피, 월계수 잎, 양파, 대파"를 적당히 넣어 끓이면 된다.

통마늘과 생강을 넣고, 찾아보니 통후추가 없다. 밀폐된 통 안에 갈려 나오게 만들어진 것만 있다. 할 수 없이 갈아서 넣었다. 월계수 잎이 분명히 있었는데 아무리 찾아도 없다. 부엌에서 음식을 만들다 보면 금방 있던 것이 사라졌다가 다시 모습을 나타내는 기적이 자주 일어난다.

우리 집에서는 특히 가위가 그런 짓을 자주 한다. 오늘따라 월계수 잎이 그런다. 어떤 용기에 어떻게 담겨 있는지 이미지가 떠오르지 않으면 눈앞에 있어도 모를 때가 있다. 그런 경우겠지. 못 찾는 이유만 알 따름이다. 필요없을 때 기적처럼 나타날 것이다. 틀림없이.

월계수 잎을 찾으러 다니다가 대파가 눈에 띄어 먼저 넣었다. 흰 부분 젓가락 반쯤 길이를 통째로. 대파는 많이 쓰는 양념이라는 씻어서 손질해둔다. 다시 뒤지다가 양파가 보여 양파를 까서 썰어 넣었다.

아무래도 월계수 잎은 포기해야 할 것 같다. 대세에는 지장이 없겠지. 돼지고기 삶는 냄비 옆에 돼지 등뼈를 고는 큰 냄비를 하나 더 올렸다. 돼지고기 삶은 국물만으로는 부족하니 사골 국물을 더해야 한다.

가스 타이머를 사십 분으로 맞춰두고 서재로 왔다. 다 준비된 셈이니 급할 게 없다. 배가 고파서 기다리는 사람도 없으니. 급하면 다 끓인 뒤 면포로 기름기와 잡것들을 걸러내면 된다. 급할 게 없으면 끓인 뒤 한데 내놓고 차게 식힌다. 돼지기름이 굳어지면 쉽게 걷어낼 수 있으니.

쪽파는 다 까서 준비해두었다. 쫑쫑 썰기만 하면 된다. 이젠 그 정도 칼질은 그리 어렵지 않다. 국수 역시 먹을 때 삶아 낼 것이다.

그러고 보니 기억이 난다. 스웨덴에 사는 둘째 처제가 오고 일본에 살던 첫째 처제가 오자 아내는 용인에 사는 막내 처제까지 함께 여행을 다녀오고 싶어했다. 거기에 서른두 살 된 건장한 아들이 호위무사로 따라나섰다. 나중에 들어보니 호위할 일은 아예 없었고 주로 무거운 것 들고 다니거나 심부름을 했다. 이모들의 사랑을 듬뿍 받으면서.

돔베국수를 먹으며 제주도 바닷가의 그 눈부신 오후를 떠올린다. 다시 가볼 수 있을까? 먹을거리를 내놓다 보면 젓가락질만 봐

도 마음을 안다. 이미 공간 이동한 뒤일 것이다.

짐작하겠지만 돔베국수는 국물 맛부터 특별하다. 돼지고기 국물에서 기름기를 거의 완전히 제거한 맛이다. 담백하고 깊다. 향도 좋고. 그건 고기도 마찬가지다. 된장 맛이 조금 배고 잡내가 없어서 달콤하다는 느낌마저 든다. 그 특별한 맛이 기억 속의 장소와 어우러져 기적을 일으킨다.

오믈렛의 비밀

오믈렛은 달걀을 풀어서 프라이팬에 '바다'처럼 펼치고 그 위에 만두소 같은 소를 넣고 샌드위치처럼 접은 것이다. 바다 위에 떠 있는 구름처럼, 피자 토핑처럼 흩뿌리고 접어도 된다. 오믈렛 소로는 뭐든 넣을 수 있다.

방사 유정란 다섯 개를 깨 넣고, 유기농 우유도 좀 탔다. 거기에 마늘소금을 조금만 뿌리고 후추는 조금 매울 만큼 갈아 넣었다. 잘 섞이도록 백 번은 치대었을 것이다. 이백 번인가?

가장 큰 프라이팬을 불 위에 올리고 현미유를 둘렀다. 버터나 올리브유의 풍미를 즐길 수도 있다. 지금 내 입장은 그게 아니지만. '약한 불'을 켠 다음 조금 달구어진 기미를 보고 치대어놓은 달걀을 풀었다. 밀물과 함께 검은 자갈밭이 사라진다.

조금 기다리면 얇은 피자 같은 형태가 되어갈 것이다. 우유를 섞지 않으면 조금 빨리 익는다. 그 위에 '준비된 것들'을 뿌리거나 한 줄로 세우고 김밥 말듯 '오믈리'면 오믈렛이 된다. 간단하다.

말했듯이 오믈렛 소는 미리 준비해야 한다. 나는 다양한 채소를 넣는다. 감자나 당근은 딴딴하니까 잘게 다지고, 쪽파는 매우니까 잘게, 양파는 물렁하니까 그보다는 조금 크게, 버섯은 양파 크기 정도로 썰어둔다. 토마토는 아주 잘 필요는 없지만 적당히 작게 썬다. 좀 많이. 이것들을 볶아두는 것이다.

프라이팬에 기름을 두르고 마늘 조금 넣고 준비한 쪽파를 먼저 넣는다. 불은 꼭 약한 불이어야 하고. 곧 감자, 당근, 양파, 버섯 순서로 넣어서 볶는다. 양파가 투명해질 때까지. 금방이다. 이

것들을 그릇에 담아두고 이번에는 토마토를 볶는다. 올리브유 조금만 치고. 토마토가 충분히 익으면 역시 그릇에 따로 담아 놓는다.

왜 이렇게 소를 다양하게 만드느냐고 묻는 독자가 있을지 모르겠다. 공부해보니까 거의 모든 채소가 환자의 건강에 좋다. 어떤 것이 특별히 좋을지는 알기 힘들다. 더욱이 인간은 인간을 정말 모른다. '다양한 기회'가 최선이다. 그러고 보니 시금치도 좀 넣는 게 좋을 것 같다. 어제 밤늦게 무쳐둔 포항초나물이 있다. 꺼내서 작게 썰어두었다.

오믈렛으로는 싫어하는 것도 먹게 할 수 있다. 모르고 먹으면 대개 토하지 않는다. 거의 괜찮다. 사람 몸의 주인은 마음이다. 성인병을 생각습관병이라지 않는가. 오믈렛은 필요할 때 좋은 전략이 될 수 있다. 오늘도 오믈렛 전략을 써먹었다. '어떻게 또는 무엇을'에 대한 건 비밀이라 밝히지는 않겠지만.

이렇게 짬뽕 같은 오믈렛 말고 특별히 맛있는 조합을 알고 싶다면 인터넷에 물어보시라. 다양한 조합을 섭렵하다 보면 감이 잡힐 것이다.

누구나 달달한 위로는 필요해

매킨토시 주스

아침에는 당근을 섞은 '매킨토시 주스'를 만든다. 처음에는 애플에서 만든 컴퓨터 이름이 매킨토시니까 그렇게 말하는 줄 알았던 모양이다. 애플을 한 번 더 꼬아본 것이겠지. 그랬을 것이다.

"매킨토시도 사과의 한 품종이야. '사과'라는 회사에서 사과의 한 종류를 상품 이름으로 붙인 거지. 영어로 쓰면 철자는 조금 달라. 사과는 McIntosh이고 컴퓨터는 Macintosh. 매킨토시의 실패와 그 이유를 생각하면 매킨토시 주스라고 부르고 싶지 않지만, 그냥 재미로."

그렇다고 요즘 우리가 먹는 사과가 매킨토시 종이라는 건 아니다. 매킨토시는 주로 소스를 만드는 데 쓰인다고 한다. 우리가 먹는 것은 대개 부사(후지)다. 과즙이 풍부하고 달다.

사과가 건강에 좋다는 건 귀가 아프게 들었을 것이다. 달고 맛있을 뿐 아니라 영양가가 높다. 더 좋은 이유는 혈당 지수가 무척 낮다는 것이다.

혈당 지수는 먹은 뒤 얼마나 빠르게 혈당을 높이는지를 말해준다. 혈당 지수가 높은 음식을 먹으면 혈당 피크에 빨리 도달하고 그 소식을 들은 췌장은 인슐린을 지나치게 많이 만들어 분비한다. 지나친 인슐린은 사건이 거의 끝날 때쯤에야 현장에 도착해서 혈당을 지나치게 떨어뜨린다.

몸 안에서 난리블루스가 일어나는 것이다. 그때 '나쁜 세포'들의 천국이 된다. 어마어마하게 많은 포도당 약탈자(수용체)를 투입해서 싹 쓸어간다. 당연히 정상 세포는 필요한 양분을 제대로 공급받을 수 없다.

간단하게 말하면 그렇다. 혈당 지수에 대해 신경 쓰기 시작하면 '단맛' 나는 것들이 겁난다. 단맛 나는 과일을 공복에 먹는 것이 늘 마음에 쓰였다.

알고 보니 딸기, 사과, 배는 그 '알흠다운' 맛에도 불구하고 혈당 지수가 두부 종류보다 낮다. 대개의 채소보다는 조금 높지만 당근보다는 낮다. 놀라운 것은 호박이나 수박의 혈당 지수는 거의 최고 수준이었고. 수박은 비교도 안 되게 덜 달지만 혈당 지수는 매우 높다. 건강에 나쁜 단맛을 가진 셈이다.

고구마는 감자보다 칼로리는 높지만 혈당 지수는 비교적 낮다. 둘 다 고혈당 지수 식품이긴 하다. 그렇다고 먹지 말아야 한다는 뜻은 아니다. 건강에 필요한 다른 영양 성분이 많으므로. 하나 마나 한 말이겠지만, 혈당 지수 하나로 식품을 평가해서는 안 된다.

당근을 섞은 매킨토시 주스는 쉽게 만들 수 있다. 사과 한 개에 당근 두 개 정도. 즙으로 치면 대충 이 대 일이나 삼 대 일쯤 된다. 익히면 소화흡수율이 높아진다. 인간의 몸은 '조리된 음식'에 맞게 진화했으니. 그래서 당근은 익히고 사과는 데친 다음 갈아 먹기를 권하기도 한다. 언뜻 좋을 것 같기도 하다. 문제는 흡수율이 높다고 건강에도 좋은 것일까? 꼭 그렇지 않을 수도 있다. 더욱이 앞에서 말한 혈당 지수는 먹을거리의 상태에 따라 달라진다. 익히면 대개 혈당 지수가 높아진다. 아마 그래서 세계 면역학의 권위자로 꼽히는 아보 도오루 박사는 굳이 익혀 먹으라고 하지 않았을 것이다.

혈당 피크가 일어나면 건강에 해롭다. 특히 환자에게는. 아무리 생각해도 녹즙의 경우도 비슷한 문제가 좀 있지 않을까. 사실 혈당 지수의 문제는 대충 그렇다는 것일 뿐이다. 사과도 사과 나름이고 고구마도 고구마 나름이다. 어떻게 먹느냐에 따라, 사람에 따라서도 조금 또는 많이 달라진다.

먹을거리에도 하나의 정답 같은 건 없다. 낙천적인 성격이 미덕인 이유다.

새벽에 아침 먹을 걸 준비해둔다. 처음에는 알람을 맞추어 깼다. 올빼밋과지만 어떡하든 맞춰보려고. 오래가지 못했다. 올빼밋과였으니. 잠들기 전에 아침에 먹을 것을 준비해두기로 했다.

현미죽에 동치미, 나물 한 가지를 준비했다. 동치미는 물을 타서 묽게 만든다. 덜 짜게. 무는 삼각으로 나박나박 썰고 배추는 작게 썰어 넣는다.

이번에는 무생채를 했다. 처음 해보는 것이라 자신이 없었다. 그럭저럭 한 것 같았지만 입맛에 맞을지는 알 수 없다. 더욱이 어제는 달래무침을 완전 실패하지 않았던가.

처음이라 감을 잡지 못했던 것인지, 아니면 달래를 지나치게 많이 씻어 매운 부분만 남겼던 것인지, 그것도 아니면 매운 고춧가루를 넣다가 '실수'로 너무 많이 넣어버려서 그런지. 달콤새콤매콤하게 만들기는 했다. 매실청도 조금, 현미식초도 조금, 올리고당도 조금, 좋은 국간장도 조금…… 배도 채 썰어 넣었고, 양파도 식초 물에 담갔다가 꺼낸 것이라 그리 매웠을 리가 없다. 중요한 양념을 적당하게 잘 넣은 것 같은데 너무 매웠다. 그 달래무침은 아침에 청국장 끓일 때 넣기로 했다. 아들을 위해 아침을 차려주면 '소비'될 것이다. 그러기로 하고 실패를 정리했다.

무생채는 보통의 레시피와 조금 다르게 했다. 달래무침의 실패를 분석하면서 '복잡한 구성'이 문제였는지 모른다고 생각했다. 무만 넣기로 했다. 먼저 무를 소금으로 절인다. 삼십 분쯤? 그거야 소금 넣는 양하고도 관련이 있다.

아무튼 무가 고무줄처럼 부드러워지면 적당히 절여진 것이다. 그렇게 알고 꺼내서 물에 씻고 물을 뺀다. 다진 마늘, 대파 조금, 보통 매운 고춧가루 조금, 현미식초 조금, 매실청 조금, 올리고당 조금, 아주 맛있는 새우젓 조금, 좋은 국간장 조금 그렇게 양념하고 무쳤다.

당연히 여기서 조금이 다 같은 조금은 아니다. 다 무쳐서 하얀 접시에 예쁘게 담은 다음 그 위에 깨소금을 쫌 뿌렸다.

나는 잠들었는데 무생채가 먹을 만하지 못하면 어떡하나. 고민하다가 애호박볶음에 보험을 들기로 했다.

애호박은 좀 많이, 자색양파는 조금 준비한다(애호박 한 개 정도에 양파는 작은 것 반 개 정도. 애호박은 적당한 두께로 반원으로 썰고 양파는 채를 썬다).

기름을 조금만 두르고 다진 마늘을 넣어 향과 맛이 배게 한 다음(당연히 약한 불에) 애호박과 양파를 넣고 볶는다. 양파가 반투명해지면 다 볶은 것이다. 거기에 새우젓으로 간하면 된다. 접시에 예쁘게 담은 다음 그 위에 들깻가루와 깨소금을 뿌린다.

밤늦게 잔 탓인지 열한시쯤에야 깼다. 안방으로 가보니 아들이 시중을 들었다. 무생채와 애호박볶음이 다 맛있었다고 한다.

애쓴 아들을 위해 아점을 마련했다. 쉽고 간단하게. 그동안 만든 나물들을 모두 꺼내서 따뜻한 밥과 비볐다. 간은 청국장찌개로 하고.

청국장은 강원도 정선에서 만들어진 것인데 홈쇼핑에서 사두었다. 간편하고 내용도 좋다. 거기에 두부 썰어 넣고 '실패한 달래 무침'을 조금 더하고 얇게 저며둔 소고기를 대여섯 점 익혀서 올렸다.

상상해보면 알 것이다. 무슨 맛인지. 거기에 쪽파 다진 것만 넣은 오믈렛도 만들어 상에 올렸다. 조금도 남기지 않고 다 먹고 출근했다.

설거지를 다 하고 서재로 가기 전에 아내에게 물었다.

"오늘은 뭘 먹고 싶어?"

생각해보더니 탕수육이라고 한다.

"돼지 등심을 사 와야겠네. 오이하고 파프리카도."

"소스에 파인애플도 넣어줘."

"그러지 뭐."

생협에 갔더니 돼지 등심은 돈까스용으로 얼려놓은 것밖에 없었다. 두께를 보니 괜찮을 것 같다. 칼집을 넣어놓았겠지만 상관없다. 안심은 생고기가 있었다. 안심도 좀 샀다. 필요한 채소와 과일을 담고 마지막으로 미니 찹쌀약과 한 봉을 더했다. 누구에게나 달달한 위로가 필요하다.

요리의 기원, 바질 페스토

글을 쓰는 시작은 남의 글 읽기다. 어깨너머로 쓰는 감각부터 배울 수 있다. 언제나 장인의 어깨너머로 배우는 감각이 최고다. 어떤 주제에 대해 깊이 숙고한 뒤의 생각을 들여다보는 것이다. 거기에 내가 무엇을 보태거나 뺄 수 있는지 가늠하고 순서를 바꾸어 다시 조합한다.

'새로운 내용'이라는 것도 누군가에게는 절대 새로울 수 없다. 당신이 알아낸 것이라 해도 알아내기 위해 필요했던 지식은 모두 남의 글에서 빌려온 것이다. 잘해야 바다의 소금기, 삼 퍼센트쯤 새로울까?

마찬가지로 먹어보지 않은 것을 요리하기는 어렵다. 불가능하지는 않겠지만 잘하기는 어려울 것이다. 내 사인이 들어간 것을 만들 수도 없을 것이고.

내가 아는 셰프 한 사람은 처음 보는 것이면 뭐든 입으로 가져가본다. 새로운 양념, 새로운 재료. 날것으로도 먹어보고 익혀서도 먹어본다.

언젠가 '짜글이'를 해달라는데 도무지 만들 수가 없었다. 레시피가 복잡한 건 아니었지만 한 번도 먹어본 적이 없었기 때문이다. 맛을 모르니 무엇을 만들어야 할지 감을 잡을 수 없었다.

레시피를 불러달라고 해서 순서에 맞추어 그대로 만들었다. 어떠냐니까 그럭저럭. 다시 하라면 할 수 있을까.

잠을 깊이, 길게 자지 못한다. 배가 고프다는 게 신기하기만 하다. 치아바타를 조금 썰어서 바질페스토를 발라 먹었다. 시골빵이 있으면 좋을 텐데…… 생각하면서 달걀프라이 하나, 매킨토시 주스, 라떼 한 잔까지 들이켰다.

바질 페스토는 PRIMVS에서 나온 것을 사 먹어보고 그 맛을 알았다. 동네 빵집에서 파는데 들어오는 그날로 매진된다. 예약하고 줄 서서 기다려야 한다. 레시피를 보고 만들어 먹을 수 있겠다. 먹어보았으니. 페친 한 분은 바질 대신에 깻잎을 써도 아주 맛있다고 한다. 깻잎 페스토도 만들어보아야겠다. 유기농 통밀로 만든 시골빵에 발라 먹을 수 있도록. 아내가 잠깐이라도 좋아하면 얼마나 좋을까.

띄엄띄엄 탕수육

"갑자기 파인애플이 들어간 탕수육 소스가 생각나."

먹을 수 있는 게 점점 줄어든다. 먹을 수만 있다면.

"뭐든!"

"원하는 대로 다 돼? 똠양꿍도?"

멈칫하게 만드는 요리 이름이다.

"레시피만 있다면 뭐든 못 하겠어? 글치만 이건 타이 음식이니까. 어떨지 모르겠네. 특별한 재료도 필요할 거고. 그걸 구하려면 백화점엘 다녀와야 할지도 모르잖아. 어쨌든 결정을 해. 똠양꿍도 해줄 수 있겠지만 실패가 필요할 테니까 당장은 못 먹을 수 있지. 그래도 금방 사다줄 수는 있어."

"탕수육!"

집에 있는 재료들을 떠올려보았다. 생강이나 각종 양념류는 다 있고, 파프리카는 없고, 양파 있고, 목이버섯 있고, 찹쌀가루, 감자 전분, 옥수수 전분 다 있다. 돼지고기 등심이나 안심 그리고 파인애플은 사야 한다.

일단 장을 봐왔다.

돌아오니 잠들어 있었다. 튀김요리는 만들어서 곧바로 먹어야 맛있다. 잠을 깨면 만들어야지.

서재로 돌아가 얼마 전에 배달된 책을 펼쳤다. 알마에서 나온 『종이』였다. 무슨 내용이든 저자의 내공을 먼저 가늠할 필요가 있다. 아까운 시간을 버릴 셈이 아니라면. 서문을 보면 안다.

우선 글이 좋다. 번역도 좋아서 잘 읽힌다. 저자의 내공이 은은

LIFE
LIFE

하게 울린다. 역사에 대한 깊은 통찰이 내공을 멋지게 드러낸다. 아우라처럼. 부제는 '하얀 마법, 종이의 시대'!

벨이 울렸다. 책을 덮고 뛰어 나갔다. 엄청난 쓰나미였다.

세브란스 병원 응급실에서 진정되었다. 일단. 아들이 자리를 지키고 나는 집으로 돌아왔지만 마음이 진정되지 않았다. 잠을 잘 수 없었다.

이게 그제 일이다.

새벽 다섯시쯤에 잠이 들었을 것이다. 잠을 깨니 여덟시쯤. 눈이 아프고 머리가 돌아가지 않는다. 몸으로 할 수 있는 일을 시작했다. 밀려 있던 설거지를 하고, 빨래를 걷어 개어 제자리에 넣었다. 함께 사는 식물들에게 물을 주었다. 두 시간쯤 지났다. 세수하고 집을 나서야 한다. 나서기 전에 병원에 가져가야 할 물건들을 챙겨두었다.

그날 일을 마치고 집으로 돌아와 '교대' 준비를 했다. 재료를 사둔 탕수육을 해서 가져다주려 했다. 아프지 않은 사람이 잘 먹어야 아픈 사람도 편하게 아플 수 있다. 아프지 않은 사람이 아프게 되면 아픈 사람에게도 그것보다 더 큰 일이 없다. 병원에서 사 먹는 게 괜찮을 리가 없다.

돼지고기를 적당한 크기로 잘라서 밑간을 하고, 소스를 먼저 만들기 시작했다.

먼저 탕수육 소스에 넣을 물부터. 국대접에 물을 삼분의 이쯤 담고. 식초를 숟갈로 다섯 번, 간장은 한 번, 올리고당은 네 번, 소금은 반 조금 안 되게. 넣고 잘 섞어둔다.

다음에는 탕수육 소스에 들어갈 건더기를 준비한다. 양파 반 개 정도 채 썰고, 파인애플을 썰고, 목이버섯을 적당한 크기로 썰고, 파프리카도 적당한 크기로, 당근은 조금, 오이는 한 개쯤을 나박하게 썰었다. 모양이야 상관없고.

프라이팬을 꺼내 약한 불에 올리고, 생강과 마늘을 편으로 썰었다. 기름을 조금만 두르고 생강과 마늘을 넣고 볶다가 향이 가득해지면 준비한 다른 건더기들을 넣는다. 이제부터는 센 불로 일이 분 정도 볶는다.

양파가 투명해지기 시작할 때쯤(아직 흰색으로 불투명할 때) 준비한 소스 물을 붓고 끓인다. 이때도 일 분쯤. 그러고는 감자 전분 조금, 옥수수 전분 조금 넣고 끓여내면 된다.

넣으면서 저으면 적당한 농도로 맞출 수 있다. 그런데 감자 전분이 눈에 띄지 않는다. 옥수수 전분만으로 소스를 마무리했다.

갑자기 현기증이 조금 났다. 부엌으로 통하는 바깥창문을 열고, 거실의 통유리창도 열어 '통하게' 했다. 추웠지만 정신이 좀 든다. 이제 밑간한 돼지고기에 옷을 입히고 튀기기만 하면 된다.

그런데 웬걸. 아무리 뒤져도 튀김옷에 섞어 넣을 찹쌀가루도 없다. 체력도 바닥이다. 손가락이 아프고 살갗도 죽겠다고 아우성이다. 온몸의 부속들이 촛불집회에 나가고 텅 비었다. 머리 너, 그러면 안 돼!

뚜껑 있는 용기에 담을 수 있는 건 모두 담고, 비닐봉지에 적당한 건 비닐봉지에 담아서 모두 냉장고에 '때려넣었다'.

어젯밤에 만든 띄엄띄엄 탕수육은 여기까지. 언제 다시 시작하게 될지는 모르겠다.

아끼다 똥된 망고 주스

망고 주스를 마시고 싶다고 했다.

"요즘 많이 비쌀까?"

"쓸데없는 걱정은 안 해도 돼요. 조금밖에 먹지도 못하면서."

망고는 생협에 없다. 생협 다음으로 가는 곳은 농협 하나로 매장이다. 가보니 노오란 망고가 두 개씩 담겨 있다.

"그런데 망고가 맞나? 자몽이라고 한 건 아닌가?"

자몽과 망고가 왜 만날 헷갈리는지 모르겠다. 아들에게 문자를 보냈다.

"망고 주스라고 했지? 자몽 아니지?"

"망고."

두 개가 든 묶음을 두 개 집어서 계산대로 갔다. 처음 만들어보는 거라 하나만 해보자는 생각에 하나만 계산했다.

집에 즙이 많은 과일이 있던가? 망고를 먹어본 기억으로는 바나나와 상태가 비슷할 것이다. '건더기 제로'인 주스를 만들어야 한다. 그래야 하는데…… 물을 섞고 싶지는 않다. 그렇다면 수박이나 배를 섞어야 한다. 수박은 혈당 지수가 너무 높아 잘 쓰지 않는다. 배는 있다.

망고를 잘라본 적이 없는 사람은 당황한다. 얇지만 딴딴한 씨가 과일 가운데를 거의 가로질러 있다. 그래서 씨를 중심으로 세 개로 잘라야 한다. 가운데 조각이 씨가 포함된 조각이 되도록.

껍질 벗기는 것도 보통의 과일처럼 하면 잘 안 된다. 껍질이 붙은 채로 과육 쪽에서 바둑판처럼 칼집을 주고 양쪽으로 당기면 쉽게 분리된다.

노란 망고를 자르다 보니 고흐의 해바라기가 떠올랐다. 참 희한하게도 병원에는 고흐의 그림이 많이 걸려 있다. 고흐의 고통스러운 삶을 떠올리면 그림이 편하지 않을 텐데도.

좀 다른 이야기지만 아산병원의 벽그림이나 꽃꽂이는 아주 어색했고, 신촌 세브란스에는 벽그림이 좋은 게 많았다. 병원에 적당하면서도 그림 자체로도 좋은.

아, 고흐의 그림이 나쁘다는 것은 아니다. 참 아이러니하게도 고통스러운 삶을 살았던 고흐의 그림은 사람을 편안하게 해준다고 한다. 예를 들면 아이들이 가장(?) 편안하게 느끼는 그림이 「아를의 침실」이라는 설명을 본 적이 있다. '가장'인지 아닌지는 장담할 수는 없지만. 윌 곰퍼츠의 『발칙한 현대미술사』에 이런 대목이 나온다.

> 한번은 여섯 살짜리 큰아들을 데리고 현대미술 포스터를 파는 화랑에 간 적이 있다. 나는 휴일의 아버지답게 자못 관대한 태도로 아들에게 포스터와 엽서를 하나씩 고르라고 했다. 엽서는 모르겠지만, 포스터는 지금도 기억에 남아 있다. 바로 고흐의 「아를의 침실」이었다.
>
> "왜 이걸 골랐어?"
>
> "마음이 편해져서요." 아들이 대답했다.
>
> 아마도 그 화랑에 고흐가 있었더라면 쏜살같이 달려와 아들

을 끌어안았을 것이다. 고흐가 그 그림에서 표현하고자 했던 감정이 바로 편안함이었기 때문이다. 색, 구도, 빛, 분위기, 가구, 그는 그림의 모든 것을 동원해 휴식을 담아냈다.

작가가 곧 작품으로 드러난다는 것이 진실이라면 부분적인 진실일 뿐이다. 작가가 의도한 대로 효과가 있다면 예술도 상당히 유물론적인 것이라는 뜻이다. 사실 인상파의 '과학'적 인식을 거부하고 비틀어버린 것이 현대미술의 시작 아니었던가.

예술이 인간의 모습 한 부분을 밝히는 것이라면 그것은 이성이 하인 노릇을 하는 직관의 모습이다. 그런데 이성의 얼굴인 과학적 예술이라니. 인상파는 사진의 과학에 맞서 시작된 혐의가 있지만 그 프레임을 벗어나지 못했다. 과학에서 벗어날 수 없었던 것이다. 고흐는 본능적으로 그것을 거부했고, 한발 앞선 표현주의를 보여주었다. 그래서 죽기 전의 삶이 한없이 괴로웠을 것이다.

「아를의 침실」은 노란색투성이다. 아무리 그래도 나는 고흐의 그림에서 편안함을 느낄 수가 없다. 그가 어떤 환경에서 그린 그림인지 알기 때문이다. 게다가 빈 침실이 아닌가. 이런 개인적인 주관을 빼고 보면 편안하게 느낄 수 있을지는 잘 모르겠다.

비슷한 이유로 노란 망고의 다디단 맛에서 위로를 받기 어렵다. 왜 망고 주스를 원했는지 잘 아니까. 그래도 맛있게 만들어주면 행복한 얼굴을 볼 수 있을 것이다.

빈 「아를의 침실」을 생각하며 망고를 넣고 주스를 만들었다.

너무 걸쭉해서 '건더기 제로'인 주스를 만들 수가 없었다. 큰 배를 하나 갈아 넣고 섞어보니 눈이 가는 망으로 거를 정도의 주스가 되었다. 배즙에 망고를 더한 건지 망고 주스에 배를 더한 건지.

다 만든 뒤, 병에 담아 두었더니 고운 망고가 아래에 가라앉았다. 마셔보라 했더니 맛있긴 한데 '가라앉은 망고'가 마음에 걸린다고 했다.

그다음 날이었을 것이다. 냉장고 안에 들어 있는 주스 가운데 먹지 않는 것을 정리했다. 망고 주스도.

다시 그다음 날, 망고 주스를 찾기에 어제 내가 다 마셔버렸다고 했더니, 아끼면서 조금씩 먹던 것이라고…… ㅠ.ㅠ 다시 만들어 주겠다고 했더니,

"망고 비싸잖아."

"두 개 오천오백 원밖에 안 해. 먹으면 얼마나 먹을 거라고."

두 개의 도시락

늦었다. 자명종 소리를 듣고도 잠을 깨지 못했다. 겨우 정신 차리고 보니 시간이 별로 없다. 아들 도시락을 준비해야 한다. 아들은 하지 말라고 하지만, 해주면 아주 맛있게 먹는다. 발우공양하듯.

사과 주스부터. 부엌으로 달려가 주스기를 조립한다. 사과를 씻고 주스기에 넣을 수 있는 크기로 자른다. 두 개를. 하나는 주스가 너무 적다. 두 개는 조금 남는다. 조금 남는 건 내가 마시고. 이번에는 유기농 사과라 흐르는 물에 퍼뜩 씻기만 했다. 유기농이 아닌 경우에는 식초 물에 오 분쯤 담갔다가 씻어 쓰면 된다. 껍질째로, 씨까지.

밥의 경우. 시간 없을 때는 뜨거운 밥에 식물 버터인 아보카도 사분의 일 개쯤에 양파를 잘게 썰어 넣고, 양념장과 참기름, 깨소금으로 마무리한다. 도시락 김 하나를 부숴 넣어서 비비면 더 맛있다.

아보카도는 후숙 과일이다. 사서 사흘쯤 두었다가 냉장고에 넣으면 꽤 오랫동안 괜찮다. 아마 한 달까지도. 도시락 김이 있으면 좋고, 없어도 그럭저럭 먹을 만하다. 아보카도가 없다면 살짝 간해서 달걀 넣고 볶으면 된다. 그것도 간단하다.

국은 달걀탕이 쉽고 간단하다. 늘 준비되어 있는 육수에 파, 마늘을 넣고 끓이다가 달걀을 풀어 넣고 조금 더 끓이면 된다. 간은 그때그때 다르게 하지만.

시간이 있다면 집에 있는 채소를 썰어 넣은 오믈렛을 만들어 주기도 한다.

반찬통에는 김치를 담았다. 아들이 좋아하는 초록마을 팩우유와 컵라면도 하나씩 넣었고.

아들에게 건네주니 묻는다.

아빠는 먹었어?

아니.

그럼 아빠 거는?

안 만들었어. 이상하게 그렇게 되네. 시간 없으니 우선 출발해라. 아빠는 샌드위치 하나 사 먹으면 돼. 어차피 커피 마시러 갈 거니까.

스타벅스에서 샌드위치를 골랐다. 케이준 치킨랩 비스트로 박스. 이름은 어마무쉬 거창하다. 뭔가 해서 들여다보니 통밀로 만든 또띠아, 당근과 셀러리 스틱, 땅콩크림 소스가 들어 있다. 커피는 카페라떼 벤티, 샷 추가. 그럭저럭 먹겠다.

집에서 나설 때는 어두울 만큼 구름이 잔뜩 끼었더니 지금은 햇살이 좋아 눈이 부시다. 스타벅스 창가에 앉아.

이제 다 먹었으니 일어나야 한다.

또 봐요. 해님.

편식을 막는 최고의 메뉴들이다. 그런 의미로 보면, 갖가지 나물을 해서 비빔밥을 해도 좋지만 손이 너무 많이 간다. 이 메뉴들은 스무 가지도 더 되는 재료가 들어가지만(그 가운데 몇 가지만 넣어도 된다) 만들기는 쉬운 편이다. 혼밥족들에게 권할 만하다.

당근, 감자, 고구마, 오이, 호박, 양파, 버섯, 양배추, 돼지고기, 떡갈비, 닭다리 살, 새우, 홍합, 굴, 대구 살이나 명태 살, 오징어, 파프리카, 방울양배추, 방울토마토, 사과, 파인애플까지도 넣는다. 과일을 적당하게 넣으면 은근하게 맛있다. 달콤한 것을 좋아해서 그런지도 모르겠다. 볶음밥이나 오믈렛에도. 짬뽕이야 말할 것도 없지만.

아, 물론 이것들이 있다고 다 넣는 것은 아니다. 그때그때 적당하게 골라 섞는다. 냉장고에 있다면 다 꺼내놓고 시작한다. 나는 뭐든 어질러놓고 일하는 편이다. 보이지 않는 것은 없는 것처럼 느껴져서.

무얼 만들든 대개 돼지고기부터 썬다. 생각해보니 감자나 양파부터 썰 때도 있다. 돼지고기를 해동해야 할 때도 있으니. 청양고추는 꼭 넣는다. 간지 나는 맛을 느끼고 싶어서. 청양고추가 모자라면 후추를 더한다. 많이 넣으면 간지가 너무 심해서 찬물을 마셔가며 먹어야 할지도 모른다. 짬뽕을 끓일 때는 쥐똥고추를 하나나 두 개 부숴 넣는 게 좋겠지만.

삼겹살이나 목살도 맛있지만 등심이나 안심도 괜찮다. 모자라면 닭다리 살이나 떡갈비를 더한다. 여러 번 하다 보니 일인분이 어느 정도인지 감이 잡힌다. 아귀찜의 경우 사 먹으면 콩나물이 많고, 집에서 해먹으면 아귀가 많다. 그것과 비슷하다. 집에서 만들면 좋은 재료를 듬뿍 넣을 수 있다. 볶음밥이든 짬뽕이든 밥이나 면보다 건더기가 더 많다. 짬뽕이라면 더욱더. 해물도 듬뿍, 버섯도 듬뿍, 숙주나물도 듬뿍…… 그러고 보니 숙주나물은 식당에서도 까짓거, 많이 주긴 한다. 콩나물을 많이 주듯.

오믈렛도 마찬가지다. 달걀이 너무 두꺼워서 말기가 어려울 때도 있고, 속이 너무 많아서 말다가 옆구리가 터질 때도 있다. 적당히 마무리해서 예쁘게 썰면 보기도 그리 나쁘지 않다.

집에서 만든 것들은 먹어도 금방 배가 꺼진다. 좋은 재료라 소화도 잘되는 것일까?

병원에는 병원균도 득실대지만, 먹을거리가 형편없다. 병원비 못지않게 바가지를 씌우면서도. 어쩔 수 없이 '얄궂은 것들'을 사 먹다 보니 그런 느낌이 드는 것일까? 맛도 없는 것들이 늘 더부룩하다.

그런데 순전히 기분이었을까? 오늘은 일을 본 다음 들여다보았다. 세상에! 반짝이는 황금색이다. 이럴 수는 없다. 정크푸드 계열에 들 만한 먹을거리에 대해 잘못된 인상을 가진 걸까? 아직 충분히 건강해서 그런 걸까? 아니면 최근에 먹기 시작한 약 때문일까?

처음으로 빠뜨리지 않고 약을 먹고 있다. 〈대부 3〉에서 딸이

살해되었다는 소식을 들은 알 파치노가 계단에서 쓰러지며 오열하는 얼굴이 떠올랐던 적이 있다. 그 뒤로.

비타민 조금, 혈압약, 프로폴리스 조금, 심호흡 열몇 번, 통목욕 자주…… 그것뿐이다. 아직은 몸의 회복력이 강하다고 평가해도 좋을 것 같다. 이놈의 뱃살만 뺄 수 있다면 좋겠는데…… 아무리(는 아니겠지만 그래도 아무리) 운동해도 잘 빠지지 않는 뱃살을 빼기 위해 "다들 먹는다는" 카르니틴을 먹어볼까 싶기도 하다. 나이가 드니 약의 도움을 무조건 거부할 일은 아니라는 생각도 든다. 믿을 만한 사람의 추천이기도 하고. 마음 하나로 뭐든 할 수 있다는 젊음의 자신감이 고개를 숙이기도 했고.

다 쓰고 보니 이렇게 아주 삼천포일 때도 있다. 병원 생활(?)이 길어지니 글도 이상해진다. 밑도 끝도 없이 닥터 스트레인지가 떠오르는 걸 보면. 짬뽕 이야기를 하다 보니 짬뽕이 된 건지.

과욕 주스

며칠 밤을 새고 밤 열두시가 다 되어서야 집에 들렀다. 해야 할 일이 있었지만 기절하듯 잠이 들었다. 십 분쯤 잤을까. 알람 소리에 놀라 잠을 깼다. 준비해서 병원으로 가야 한다. 시계를 보니 네 시간쯤은 잔 것 같다.

오랜만에 부엌에 들어갔다. 여러 가지 주스를 만들기 위해서. 아내는 날마다 마시던 사과나 당근 주스보다 배 주스를 마시고 싶다고 했다. 달콤하고 시원한 맛이 그리웠던 모양이다.

집에 배가 아직 남아 있었다. 제자가 적시 안타로 날린 설날 선물이다. 배 한 상자였는데 크고 좋았다. 고마웠지만 누가 먹겠나 싶었다. '우리는' 배를 그다지 즐기지 않았기 때문이다. 희한하게도 바로 그날 밤 아내는 배가 먹고 싶다고 했다. 한밤중에.

배를 챙겨주면서도 욕심이 났다. 배는 껍질까지 먹어야 약이 된다. 망설이다가 물어보았다. 도저히 안 되겠다고 해서 껍질을 깎아 주었다. 그래야 십팔분의 일 정도 작은 조각이다.

내가 걱정했던 것은 혈당 피크였다. 양배추를 한 조각 먹을 수 있다면 더 줄 수 있었지만. 구토가 심해서 뭘 먹는 게 겁이 났다. 그 작은 배 한 조각을 먹이면서도 걱정이 이만저만 아니었으니.

그러고 며칠이나 지났을까. 저녁쯤에 엄청난 고통을 호소하며 정신을 잃을 것 같았다. 119를 불러 앰뷸런스를 타고, 다니던 병원 응급실로 갔다.

장 폐색이었다. 막혀버렸기 때문에 위로 올라오는 것이라고 했다.

응급실의 의사들은 고개를 저었다. 급하게 CT를 찍어보았는데 방법이 없어 보인다는 것이었다. 전이가 너무 심해서 어떤 수술도 불가능하다고 했다. 우선 통증을 잡을 순 있겠지만.

그 통증을 잡는다고 투여한 진통제가 또 구토증을 심하게 유발했다. 구토증을 잡는 약은 장운동을 저하시키는 것이어서 병은 더 악화된다. 임시변통은 말 그대로 임시로나 쓸 수 있는 방법이었다.

최선의 방법은 내장의 분비물 등등을 거꾸로 빼내는 것이다. 중력의 원리에 따라 저절로 빠져나오게 만들 수도 있지만 우선 빨리 빼내야 했기 때문에 기계를 달았다. 이제부터는 아무것도 먹을 수 없다는 뜻이다. 먹어도 영양분을 흡수할 수 없다. 주사로 영양제를 공급하기 시작했다. 이게 최선의 방법이라니.

눈앞에 벼랑이 솟구쳐 올랐고 정신이 아득했다. 다시는 아내를 위해 음식을 만들지 못하는구나. 띄엄띄엄 탕수육을 아직 끝내지 못했는데…… 내가 만든 탕수육을 맛보지 못했는데! 그날 밤 눈이 휘날리고 있었다. 응급실 밖에 있는 벤치에 앉아 얼마나 울었는지 모른다. 한참 뒤에야 아들이 와서 내 등을 토닥이는 걸 알았다.

다음날 완화 병동(요즘은 호스피스 병동을 이렇게 부른다)으로 옮겼다. 거의 모든 통증을 잡아주었다. 그런 면에서 현대의학은 마법처럼 느껴졌다. 날마다 듣던 비명소리는 일단 잦아들었으니.

글쎄, 죽음까지 얼마나 남았는지는 모르겠지만 우선은 웃으며 대화할 수도 있었다. 통증이 시작되면 간호사에게 말만 하면 되었다. 무척 심하게 아팠지만 '통제 가능'하다는 사실 때문에 마음이 편해졌을 것이다.

가만히 생각해보니 그렇다면 오히려 먹지 못할 게 뭐가 있겠나 싶었다. 어차피 모두 뽑아낼 것이라면. 그래서 일단 좋아하는 과일 주스를 먹여보기로 했다.

배 주스를 먼저 만들었다. 껍질째로, 씨째로. 건더기는 문제가 될 수 있어서 두 번 세 번 걸러내었다. 그다음은 사과 주스…… 토마토 주스를 마시는 게 약이 될 텐데…… 토마토 주스는 섬유질이 많다. 항암 작용도 탁월하다.

못 마실지 모르겠지만 만들어 가자. 그러고 나니 좀더 욕심이 났다. 양배추 주스도…… 몇 번 걸러내면 완전한 주스를 만들 수 있다. 채소 몇 가지를 섞은 주스도……

두어 시간 걸쳐 여러 가지 주스를 만들어 담으며 걱정스러웠다. 이거 대부분 내가 마시는 거 아닐까. 부엌에서 일하다 보면 남은 것을 버리기 싫을 때가 많다. 그것들은 주로 내가 먹는다. 어린 시절 집안일을 하던 사촌누나의 말이 떠올랐다.

"창래야, 누나가 살이 찐 게 아니란다. 부엌일을 하다가 남는 걸 먹다 보면 내가 쓰레기통이 되는 것처럼 느껴져."

말뜻은 무겁고 슬프지만 무척이나 우습게 말했고, 이 말을 듣고 어린 나는 자지러지게 웃었다.

아내는 배 주스를 즐겼다. 사과 주스는 반쯤 마셨다. 배 주스가 떨어지자 대용으로. 토마토 주스는 한 모금 마시더니 진저리를 쳤다. 양배추 주스는 색깔이 곱다고만 했다. 채소 주스는 아예 쳐다보지도 않았다. 토할 것 같다면서.

"배 주스만 만들어 오라니까……"

완화 병동 생활은 '과욕' 주스로 시작했다. 2주가 지나면 나가야 하는데.

어제 보지 못한 것

밀린 빨래가 많아 세탁기를 연거푸 두 번 돌렸다. 널려 있던 것들을 걷어서 거실에 쌓아두고 분주하게 다녔다. 너무 많아서 어떨까 걱정했는데 다행히 다 널 수 있었다.

두번째 빨래를 널고 돌아나오다가 하얀 꽃을 보았다. 어제까지만 해도 앙상한 가지만 있었는데…… 어쩌면 어제도 내가 보지 못했던 것인지도 모른다. 꽃이 눈에 들어올 상황이 아니었으니.

앵두나무 꽃이다. 벌써 저렇게 필 때가 되었나? 마루에 앉아 한 시간쯤 들여다봤다. 잠을 자야 하는데…… 자고 일어나 병원에 가야 하는데……

그놈의 CT가 사람을 잡을 수도 있다는 생각이 든 것은 수술이 끝난 뒤였다.

CT 사진으로만 보면 온몸에 암이 퍼져 있어서 수술도 아무 의미가 없을지 모른다고 했다. 설사 한다고 해도 의미 있는 결과를 얻을 수 없을지 모른다고 했다. 다시 말해서 CT로만 보면 암이 여기저기를 다 막고 있기 때문에 소장 맨 앞에서 곧바로 장루(배설을 위해 장의 일부를 몸 밖으로 유도하는 것)를 해야 할지 모른다. 그렇다면 소화 흡수에 아무런 도움을 줄 수 없을 것이니 의미가 없다는 것이었다.

의사들은 '모른다'는 뒷말 흐리기와 최악의 시나리오를 제시했다(의사들은 으레 그런다는 선입견이 좀 있다). 지금 환자의 상태로 보건대 수술을 견딜 수 없을지도 모른다. 개복한 상태에서 여덟 시간 정도 걸리는 대수술이 될지도 모른다. 아내는 아무것도 먹지 못하고 영양제 주사만으로 지낸 지 반달째였다.

그렇지만 그 모든 '모른다'와 대수술이 유일한 희망이었다. 마지막 희망일지도 몰랐다. 아내는 안락한 집에서 며칠만이라도 지내다 죽고 싶다고 했다. 아침이면 거실 깊숙이 스며드는 햇살의 따사로움을 느끼며 맑은 공기를 마시고 싶다고 했다. 가능하다면 내가 만들다 만 띄엄띄엄 탕수육도 맛보고 싶다면서.

그러려면 우선 석션(코를 통해 위로 빼는 것) 기계를 뗄 수 있어야 했다. 그래야 먹을 수도 있고 집으로도 돌아갈 수 있었다. 시도 때도 없이 찾아오는 통증을 다스리기 위해 약을 먹을 수 있고,

영양제 주사도 뗄 수 있기 때문이다.

아내는 처음 의사에게 장루 이야기를 듣더니 단칼에 잘랐다. 안 하겠다는 것이었다. 하도 단호했기 때문에 의사는 두 번 다시 말을 꺼내지 않았다. 하든 하지 않든 병세를 호전시킬 수 없다는 판단 때문이었을지 모른다.

나는 해보자는 입장이었다. 아무것도 먹을 수 없다면 아무 희망이 없다. 삶이 죽음과 다를 게 없다. 즐거움과 행복함, 기쁨 그리고 그 무엇보다 실낱같은 희망이라도 있어야 한다. 희망이 없다면 삶은 아무 의미가 없다.

일주일쯤 시간을 두고 천천히 마음을 돌려세웠다. 나는 의사에게 수술을 부탁했고, 의사는 수술이 가능할지 모르겠지만 의논해보겠다고 했다. 다시 며칠이 지났다.

아내는 병동에 있는 작은 정원에 자주 가고 싶어했다. 시간 나는 대로 휠체어에 태우고 다녔다. 칠층에 있는 '공원'에서는 서울 시내가 내려다보였다. 한쪽 끝에서는 아들이 근무하는 사무실이 보였는데 거기에 자주 머물렀다. 그날도 공원에 다녀왔다. 다시 병상으로 올라가기 위해 여러 가지 주사 줄과 석션 호스를 연결하고 있었다.

아마 레지던트였을 것이다. 수술을 하기로 결정했다고 알려왔다. 뒤따라 온 간호사가 서류를 내밀었다. 두려운 내용이 하나 있었다. 수술 뒤 중환자실로 들어가게 될지 모른다는 이야기, 그리고 그 내용을 확인하고 '승낙'해야 한다는 것이었다. 두려운 마음을 다독이며 모두 사인했다.

'괜찮을 거야. 수술할 때 으레 그랬어. 최악의 상황을 염두에 두는 것일 뿐이야.'

그날이 목요일이었고 수술은 그다음 주에 하게 된다고 했다.

수술은 월요일 오전으로 잡혔지만 오후 한시가 되어서야 시작되었다. 수술실로 따라 내려가면서 나도, 아들도, 아내도, 막내 처제도 얼마나 울었는지 모른다. 짧아도 세 시간, 길면 여덟 시간이라니, 수술이 끝나서 잘못되면 중환자실로 들어가게 될지도 모른다니.

슬픔이 이렇게나 두려웠던 적이 없다. 아닌가. 두려움이 그렇게 슬펐던 적이 없다.

눈물을 훔치고 처제는 일 보러 떠났고, 아들과 나는 뭘 좀 먹기로 했다. 짧아도 세 시간이다. 오후 네시 이후에나 소식을 듣겠지. 아무 말 없이 병원 밖으로 나갔다. 병원이 지겹기도 했고 병원 구내식당도 지겨웠다.

뜻밖에도 그 근처의 음식점은 월요일에 쉬는 곳이 많았다. 대충 때우고 다시 병원으로 돌아와 빈 아내 침상에 누워 잠을 청하려는데 다시 연락이 왔다. 수술이 끝났다는 것이다. 시계를 보니 겨우 한 시간 반밖에 시간이 지나지 않았다!

최악의 상황이다. 너무도 마음이 아려왔다. 이번 수술의 큰 가능성 가운데 하나가 '아무것도 하지 못하고 다시 덮을 수 있다'였기 때문이다. 암이 너무 많이 퍼져 있어서 어떤 조절도 의미가 없다면 그냥 덮을 거라고 했다. 세 시간 이상 걸릴지 모른다던 수술을 한 시간 반 정도에 끝냈다니.

전신 마취를 한 수술이 끝나면 환자를 잠들지 못하게 계속 자극하면서 심호흡하게 해야 한다. 대충 한 시간 정도. 수술 경과에 대해서는 몇 시간 뒤에야 들을 수 있을 것이다. 들어는 봐야 하겠지만 뻔하다. 아내는 정신이 좀 들자 맨 먼저 그걸 물었다.

"수술실에 얼마나 오래 있었어?"

나는 말이 나오지 않았다. 침묵이 잠깐, 그러나 무척이나 긴. 아들이 말했다.

"두 시간쯤."

한 시간 반이라고 말하지 못했다. 별 차이도 없지만.

"그렇다면 그냥 열었다가 닫았다는 뜻이네."

아내도 실망의 눈빛을 감추지 못했다. 애써 잠들지 않고 심호흡을 할 필요도 느끼지 못하는 것 같았다. 그냥 이대로 가고 싶어. 눈빛이 그렇게 말하고 있었다.

의사를 만나게 될 시간이 말도 못하게 두려웠다. 전신 마취하고 배를 갈라 열었지만 아무것도 할 수 없어서 그냥 덮었다는 말을 듣게 되는 그 순간이 얼마나 끔찍하게 괴로울 것인가. 아내의 실망감, 삶에 대한 의욕 상실을 무슨 수로 되돌릴 수 있을 것인가.

의사 말은 아주 달랐다. 우리는 얼마나 놀랐는지 모른다.

"소장과 대장을 연결했어요. 예상과 달리 간단한 수술이었습니다. 장루를 만들 필요도 없었어요. 중간에 막힌 부분만 건너뛰어서 연결한 겁니다. 경과를 좀더 봐야 하겠지만 방귀를 뀌고 나면 미음부터 먹도록 해드릴게요."

CT 사진으로는 장루를 만들어 다는 것도 가능할지 모르겠다고 했던 의사가 '열어보니 막힌 데가 한 군데'였다는 것이었다. 암은 뼈와 폐까지 심하게 전이되어 있지만. 알고 보니 CT가 뱃속을 아주 잘 보여주는 것은 아니고, 오해와 착각의 빌미가 되기도 한다.

어쨌거나 우리는 얼마나 기뻤는지 모른다. 세상에, 최선의 결과가 아닌가. 방귀만 뀐다면 아래위가 '통'한다는 증거이고, 그때부터 미음을 먹기 시작해서 잘만 관리하면 '뭐든' 먹을 수 있을지 모른다. 띄엄띄엄 탕수육도! 마음이 들떴다.

그 행복함도 잠시, 우리는 다시 긴장했다. '환자에 따라' 열흘씩, 반달씩 방귀가 나오지 않는다고 했다. 또는 아예 방귀를 뀌지 못할 수도 있다는 최악의 시나리오를 들었기 때문이다. 지금 아내 상태는 거의 극한 상황이다. 그럴 가능성도 있었다. 그냥 몸의 회복력만 믿고 무작정 방귀가 나오기를 기다려야 했다.

그날은 내가 곁을 지켰다. 다음날 밤 아들과 교대할 때까지도 방귀는 나올 기미가 없었다. 또다시 긴장하고 불안했다(그래서 나는 혈압이 심하게 올랐다). 아내에게는 대책 없는 낙천성이 얼마나 큰 미덕인지, 그것만이 이 병에 효과가 있다는 말을 수없이 되풀이하면서도.

집에 들어오니 몸이 아프지 않은 곳이 없었다. 기절하듯이 쓰러져 잠이 들었다. 거의 열두시쯤 되어서야 잠을 깼다. 아들에게 문자가 와 있었다.

"엄마 방귀 뀌었어. 그것도 많이. ^___^"

전화를 했더니 아내 목소리가 좀 밝았다.

"오늘부터 미음을 줄 거래."

"정말 잘 되었다. 오늘 강의 있으니까 마치고 빨리 갈게."

"너무 피곤할 텐데 오늘은 오지 말고 집에서 쉬어."

"안 돼. 내일도 강의가 있는데 그러면 못 가. 일단 들러서 이야기해."

영양 주사를 떼고 미음을 하루 반인가 먹었을 것이다. 나도 맛보았다. 맛이라고는 1도 없었다. 재료는 좋은 것 같았지만. 그뒤로는 주욱 죽이 나왔다. 반찬은 조금씩 달라졌다. 무르게 만들긴 했지만 생선과 육류도 나왔다. 푹 익힌 돼지고기 살도 좀 나왔다.

육류를 처음 보았을 때 아내는 질색을 했다. 병원 음식은 다 맛이 없기도 했지만. 특별히 냄새 때문이었을 것이다. 생각해보면 꼭 그런 것 같지도 않다. 생강도 꽤 넣었고, 마늘도…… 그랬던 것 같은데. 워낙 예민한 사람이어서 그런지도 모른다.

어쩌면 반년 가까이 '강제로 멀리했던' 것이 가장 큰 이유가 아니었나 싶다. 채식하면서 당분간 육류를 금해야 한다는 강박이 작동해서. 거식증이 생기는 이유와 비슷하게. 그렇지만 바로 그 이유 때문에 그다음 날 무항생제 대패삼겹살이 떠올랐을 것이다.

"대패삼겹살 몇 점만 먹고 싶어."

뜬금없기도 했고 밑도 끝도 없다는 생각에 뭐라고 대답해야 좋을지 몰라 잠깐 대답을 못했다. 돼지고기를 싫어했는데…… 영 안 먹었던 것은 아니지만…… 내가 잘못 기억하는 것일까. 그나저나 조금 걱정스러웠다.

"괜찮을까?"

"돼지고기 사태살도 먹으라고 주는데 그까짓 게 어떻겠어? 게다가 무항생제고, 얇은 대패살이고, 바싹 구울 거고, 다른 양념 아무것도 하지 않을 거고."

병원에서는 혹시 바깥 음식을 먹더라도 고춧가루와 같은 향신료(?)는 피하라고 했다. 밥은 아직 안 되니 죽을 먹으라고 했고. 병원 음식은 최소한의 양념을 하는 것 같았다.

완화 병동에 들어섰을 때부터 내 마음은 이미 완전히 달라져 있었다. 당장 고통스러운 것만 아니라면, 아니 혹시 조금 고통스러울지 몰라도 먹을 수만 있다면 '먹고 싶은 것은 뭐든' 먹게 해 주겠다고.

투병을 위한 음식은 먹는 것부터 고통스러웠다. 무염 무당이라니! 그리고 동물성 식품은 모두 금지하다니! 먹을 것도 별로 없고, 맛도 없다. 그저 목숨을 이어가기 위해 조금씩 먹어야 하는 고통은 말도 못하게 컸다.

그러자고 했다. 집으로 돌아오는 길에 아이쿱에 들러 대패삼겹살을 사고 농협에 들러 돼지고기 사태살을 샀다. 아내는 씻은 신김치를 넣고 사태살과 함께 푹 곤 것도 먹고 싶다고 했다(그건 나중에 다시 이야기하겠다). 우선은 대패삼겹살을 준비했다.

몇 번이나 물어보았지만 아내는 바싹 구운 '순수한 대패삼겹살'만을 원했다. 고소한 맛을 즐기고 싶다는 것이었다. 다섯 개쯤 구워 준비했다. 아무런 양념 없이 그냥 잘 굽기만 했다. 아주 간단한 일이었다.

아들을 위해서는 마늘과 신김치를 조금 섞기로 했다. 먼저 대패삼겹살을 굽는다. 웬만큼 익으면 기름이 나오는데 그때 다진 마늘을 듬뿍 넣고 신김치를 적당히 썰어 넣고 다시 볶는다.

다진 마늘을 나중에 넣는 이유는 타지 않게 해서 잘 익은 삼겹살과 버무려주기 위해서다. 김치 비율을 적당히 해야 고소한 맛이 느끼한 맛을 이기고 김치마저 새콤 고소한 맛으로 바꿔낸다.

나는 어떡할까 생각하다가 마늘 소금을 조금 친 대패삼겹살을 열 개쯤 더 굽고 다진 마늘과 함께하기로 했다.

아마 육 개월 만일 것이다. 온 식구가 돼지고기를 구워 먹는 게.

아내는 대패삼겹살을 겨우 두 점 먹었다. 조심스럽게 천천히 고소한 맛을 음미하면서. 나는 신기한 구경거리라도 생긴 듯 바라보았다. 지금까지 돼지고기를 저렇게 맛나게 먹는 걸 본 적이 없다. 다시는 내가 만든 음식을 먹을 수 없으리라는 절망감에 가슴이 저미게 아팠던 게 겨우 이 주쯤 전이다.

아들은 지금까지 먹어본 것 가운데 가장 맛있다면서 '너무 많다'던 밥을 한 톨도 남기지 않았다. 나는 두 사람이 먹는 걸 보면서 흐뭇해하느라 어떻게 먹었는지 모르겠다.

아들이 하도 맛있게 먹기에 하나 뺏어 먹어보았고, 아내가 하도 행복해하기에 하나 뺏어 먹어보았다. 아니다. 아내가 남긴 것은 내가 다 먹었다.

그날따라 창으로 비쳐든 햇살이 눈부셨다. 봄이 활짝 다 핀 것 같았다. 참 따뜻했다. 아내는 다 나은 사람처럼 흐뭇한 표정을 짓고 있었고, 아들은 폭풍흡입하면서 연발하던 '정말 맛있다'를 다 먹은 뒤에도 몇 번 말했다.

우리 가족은 마주보며 웃었다. 그 순간이 영원하기를 바라며. 무항생제 대패삼겹살의 효능은 기억까지 없애버렸다. 그 전날 혼수상태까지 갔던 끔찍한 폭풍의 흔적과 곧 다시 찾아올 지독한 폭풍마저도.

초간단 비빔밥

나물 무치는 것은 쉽다. 비빔밥을 하기 위해 나물을 마련하는 것도 쉽다. 시금치를 손질하고(뿌리 부분을 둘이나 네 부분으로 갈라서 흐르는 물에 잘 씻고), 콩나물을 손질하고…… 콩나물은 여러 번 씻어 나온 것을 사면 손질이 간단하다.

생각해보니 그냥 반찬가게에서 여러 가지 나물을 사오는 게 좋겠다. 한두 사람이 먹자고 갖가지 나물을 하면 먹는 것보다 버리는 것이 더 많다. 게다가 시간을 너무 많이 날려보내야 한다. 나 같은 초보자는.

갖가지 나물을 반찬가게에서 산다. 밥은 물만 잘 맞추면 밥솥이 해준다. 집에서 할 일은 달걀 두 개쯤 프라이하기. 우삼겹 몇 장 굽고.

비빔밥을 맛있게 먹고 싶다면 더 중요한 것이 있다. 좋은 참기름, 들기름, 고추장이 있어야 한다. 일회용 비닐장갑을 끼고 재료를 양푼에 담아서 잘 비볐다.

국물은 늘 준비되어 있어야 '초간단'해진다. 설날에 만들어 얼려둔 떡국 꾸미를 해동시켜서 끓이고, 끓을 때 달걀을 풀어서 넣는다. 그런 다음 쫑쫑 썰어둔 대파를 조금 넣고.

아들 비빔밥은 하얀 그릇에 예쁘게 담고 고명처럼 도시락김을 서너 장 부수어서 얹어준다. 예쁘게 맛있길 바라며.

이제 이런 일을 하면서 일회용 비닐장갑을 쓴다. 아무리 추워도 장갑을 끼기 싫어하던 내가 손가락에 지문이 사라지고 나서, 살갗이 아파서 더이상 물에 담그기 힘들어지고 나서.

일회용 비닐장갑을 쓰니 좋은 점도 많다. 손으로 잘 비벼서 내줄 수 있다.

오늘 아침 아들과 나는 '아마도 십 분' 만에 만든 이 비빔밥을 먹었다. 아들은 일어나서부터 출근 준비하기까지 암통으로 고생하는 엄마의 몸을 마사지했고, 나는 그 틈에 아들 밥을 해먹였다.

내가 어떻게 먹었는지는 생략합니다. 부엌일을 많이 하는 사람의 식사법을 따랐습니다. 충분히 상상할 수 있겠지요?

아무래도 보리차

무엇을 마실 것인가, 하는 문제는 아주 중요하다. 날마다 2리터 정도의 물을 마셔야 하는데 위장 기능이 좋지 않으니 약이 된다고 다 마실 수도 없다. 맹물도 불편하다. 괜찮을 때도 있지만 토할 때도 있다.

한때는 차가버섯을 탄 물을 마셨다. 한동안 괜찮았는데 어느 날부터 '위장'이 부담스러워했다. 무엇으로 바꿀까 고민하다가 우엉차를 마셔보았다. 반나절 만에 포기했다. 속을 너무 깎았기 때문이다. 녹차 가루를 타서도 마셔보았다. 역시 계속 마실 수는 없었다.

약이 되면서 마시기도 좋은 게 뭘까? 현미차를 끓여 줄까 생각했지만 수술 후 현미밥을 못 먹게 되면서 망설일 수밖에 없었다. 현미밥은 소화시키기 어려울지 몰라도 현미차는 그렇지 않다(고 한다). 현미는 면역력을 높여주고 혈당을 잡아준다. 혈당 피크에 대한 두려움도 없앨 수 있다. 암환자에게 가장 중요한 두 가지를 갖추고 있다.

아내는 보리차를 끓여달라고 했다. 속으로는 '그까짓 보리차……' 시큰둥했지만 먹을거리 역시 아무리 좋은 것이라 해도 당사자의 마음에 거슬리는 것은 독이 될 수 있다. 아내는 오랫동안 억지로 먹어야 했던 '체질에 맞지 않는 현미 잡곡밥'에 진저리를 쳤다. 한의사도 아내 체질에는 현미가 맞지 않는다고 했다. 원하는 대로 해주기로 했다.

아이쿱에 가서 보리차를 샀다. 하필 보리차 봉지 곁에 현미차가 있었다. 내 손은 마치 자동기계가 된 듯 나아가 현미차도 한 봉지 집어 장바구니에 담았다. 정말이다. 앞에도 썼지만 나는 정말로 그러지 않으려고 했다.

집으로 돌아와서도 보리차를 먼저 끓였다. 보리차는 팔팔 끓는 물로 우려내야 한다. 티메이커에 보리차와 물을 넣고 100도, 30분으로 맞추었다. 곁에서 지켜보았더니 30분도 조금 긴 것 같았다. 20분쯤 지나서 껐다.

보리차가 다 만들어지고 나면 꼭 곧바로 건더기를 꺼내 버려야 한다. 보리의 전분질이 보리차 맛을 해친다. 그것이 약한 불로 오래 우려서도 안 되는 이유다. 게다가 보리차 재탕은 안 된다.

하루에 두세 번 보리차를 끓였다. 보리차는 두고두고 마시는 물이 아니라 끓여서 곧바로 마시는 게 가장 좋다. 이틀쯤 지났을 것이다. 지나가는 말처럼 아내에게 물었다.

“보리차만 마시니까 지겹지 않아? 현미차도 있는데 마셔볼래? 현미밥은 안 되지만 차는 괜찮지 않을까?”

아내는 선선히 대답했다.

“그래.”

나는 발걸음도 신나게 티메이커가 있는 부엌으로 가서 퍼뜩 보리차를 다른 유리병에 비우고 현미차를 올렸다. 현미차 역시 오래 우릴 건 아니다. 끓는 물에 이십 분 정도. 다 만들어 맛을 보니 숭늉 맛이다. 좋아하는 맛이다. 마셔보라고 주었더니 ‘좋다’고 했다.

그다음 날 아내는 아무래도 보리차로 돌아가야겠다고 했다. 현미차를 마시면 속이 편치 않은데 소화를 제대로 못 시키는 것 같다고. 현미차도 체질에 맞지 않는가 보다.

아내 얼굴을 보면서 혹시……? 내가 싫은 걸 억지로 마시게 한 것은 아닌지 걱정스러웠다. 나 때문에 하루를 마셔보았는지도 모른다.

"아무래도 보리차가 좋아."

"그래."

나도 선선히 대답했지만 조금 무거운 발걸음이었을 것이다. 부엌으로 갔다. 현미차를 다른 유리병으로 옮겼다. 티메이커에 보리차를 올리고 인터넷을 검색해보았다.

보리차는 위궤양에 좋고, 혈액순환에 좋고(고혈압에도 좋다는 뜻이다), 항산화 작용에다가 항암 작용도 한다. 게다가 다른 차와 달리 수분을 갉아먹지 않는다. 맹물 마시는 효과도 놓치지 않는다는 뜻이다.

마음이 가벼워졌다. 어린 시절에 마시던 보리차가 떠올랐다. 아들이 아기였을 때 아프면 보리차를 끓여 먹였다. 많이 쓰이는 것은 이유가 있구나. 확인해보지도 않고 무조건 시큰둥할 일이 아니구나.

아직 초보자라 한꺼번에 두세 가지 음식을 만들지 못한다. 한번에 한 종류를 만들어낼 수 있을 뿐이다. 다른 메뉴를 원하는 세 사람이나 네 사람을 위해 음식을 만들고, 다 같이 먹게 해본 적은 없다.

아내가 먹을 수 있게 해주고, 아들이 먹을 수 있게 해주고, 내가 먹고(또는 생략하고). 그동안 그랬다.

스웨덴에서 처제가 오는 날이었다. 다 자란 조카를 데리고 온다고 했다. 환자를 혼자 돌보는 것이 거의 불가능하다는 것을 알고 있었던 것 같다.

아들은 공항으로 나갔고, 돌아오는 시간에 맞춰 밥을 준비했다. 처제는 한국에 돌아오면 '콩나물국'을 무척 먹고 싶어했다. 콩나물국을 끓이고 콩나물을 무치는 일은 쉽다.

조카는 대학생이니까 한창 젊은 나이라 콩나물로는 안 될 것이다. 아들도 마찬가지고. 조카와 아들이 다 잘 먹을 만한 메뉴를 생각해보았다.

'남자들'은 대개 볶음밥을 잘 먹는다. 돼지고기를 듬뿍 넣고 갖은 채소를 넣은 볶음밥을 좋아한다. 거기에 맛있는 김치와 맛있는 국이 있으면 더할 나위가 없다. 국은 설날에 끓여서 냉동시켜 둔 떡국 꾸미를 풀고, 거기에 물을 좀더 넣어 끓인 다음 해물을 넣고 달걀을 풀면 된다.

밥이 얼마나 있나? 네 사람이 먹기에 조금 모자랄 수도 있겠다. 다시 밥을 안칠까 하다가 급할 때 사용하려고 아이쿱에서 사다둔 '유기농 발아현미밥'으로 메꾸기로 했다. 레인지에 넣고 이 분만 데우면 된다. 감동란을 사서 더하면 좀더 많이 감동하겠지만 집을 나설 수가 없었다.

볶음밥은 만들기 쉽지만 힘이 들고 시간도 좀 걸린다. 큰 프라이팬을 써야 하고, 그 팬을 들고 좀 '흔들어야' 한다. 밥을 넣어 으깨고 다른 재료랑 섞는 것도 꽤 힘이 든다. 서너 사람이 먹을 양이라면 재료 무게만 해도 쫌 된다.

볶음밥 재료부터 시작했다. 돼지고기를 적당한 크기로 썰고, 감자, 당근, 파프리카, 양파, 방울양배추, 버섯을 적당히 썰어 준비했다. 돼지고기를 볶다가 다진 마늘을 꽤 많이 넣고 조금 더 볶은 다음 모두 그릇으로 옮긴다.

돼지고기를 볶은 프라이팬에 밥만 넣고 뭉친 부분을 풀어내기 위해 으깨다가 '열을 좀 받는다' 싶으면 그 위에 달걀을 하나 깨뜨린다. 달걀이 밥알 하나하나에 열과 기름을 스미게 한다(셰프의 설명을 인용). 잘 볶아진 밥을 다시 그릇으로 옮긴다.

바로 그 프라이팬으로 다시 준비된 채소들을 넣고 볶는다. 채소는 아삭한 맛이 좀 남아 있는 게 좋다. 적당히 익었다 싶으면 그 위에 돼지고기 볶은 것을 다시 넣어 섞고, 다 섞이게 했으면 밥을 넣고 섞는다.

아무리 적게 하려 해도 언제나 채소와 돼지고기 양이 아주 많다. 돼지고기 채소 볶음에 밥을 양념처럼 넣는 느낌이 들 정도다.

거참, 이런 순간에도 글은 '과장된다'. 말이나 글은 태생적으로 과장된 것이다. 이 이야기도 '일관성'과 '선택'의 문제 때문에 과장된 느낌을 주지 않을 수 없을 것이다. 식구들이 읽으면 분명히 그럴 것이다. 나에게는 그럴 의도가 조금도 없지만.

신기하다. 이렇게 정신없는 상황에서도 '말과 글의 성격'에 대한 이론을 떠올리다니.

그사이에 아내는 복통을 호소했고, 나는 부엌에서 안방으로 오락가락하며 준비했다. 아내가 너무 아파해서 아들에게 전화를 했다. 어디쯤이냐고. 십 분쯤이면 도착할 거리였다.

콩나물을 국으로 끓이고, 무쳤다. 볶음밥 국물을 만들고, 대파를 쫑쫑 썰어두었다. 준비를 마친 다음 아내의 통증을 잡기 위해 애를 쓰는데 다들 집에 들어섰다. 인사도 할 겨를 없이 다들 아내 곁에서 '도움'이 되려 하고 나는 다시 부엌으로 가서 먹을거리를 준비해서 상을 차렸다.

다행히도 아내의 통증 폭풍은 조금 지나가고 다들 밥상 앞에 앉을 수 있었다. 나는 다시 아픈 아내 곁으로 갔고, 다들 밥을 먹기 시작했다. 묘한 교대였다.

조카는 내가 해준 볶음밥을 무척이나 맛있어했다. 처제도 콩나물국을 잘 먹었고. 나는 식구들이 내는 맛있는 소리를 아내 곁에서 들었다. 음식 만드는 일이 늘 그렇다. 힘들어도 맛있게 먹는 소리를 들으면 마음이 탁 풀어진다.

"잘 먹으니 힘들었다는 생각이 순식간에 사라지네."

아내는 통증이 삐져나온 흔적인 눈물을 보이며 말했다.

“이렇게 손님상 차려줬으니 이제 반달 정도는 다 잊고, 쉬고, 밀린 일도 좀 해.”

이제 좀 쉬어도 되겠구나. 그러면서도 반달 이후가 머리를 어지럽혔다.

입맛이 없다면, 쥐똥고추 카레

아예 입맛을 잃기도 하고, 먹는 대로 다 토하기도 한다. 어쩌다가 잘 먹을 때도 있다. 언제 그런지는 잘 모른다. 며칠을 못 먹더니 뭐든 좀 먹고 싶다고 한다. 원하는 거라면 뭐든 만들어야지.

뭘 먹고 싶은지 생각해보라고 했다. 한참 생각하더니 카레가 좋겠다고 했다. 쉬운 메뉴다.

돼지고기나 소고기를 깍둑썰기하고, 소금 조금, 마늘 조금, 후추 조금 치고 청주나 맛술로 간을 해둔다. 조물조물 뒤섞어둔다. 후추를 찾다가 녹차 가루가 눈에 띄기에 눈독을 들였다. '좋은 것'이니 좀 넣어도 괜찮지 않을까. 조금 뿌렸다.

감자와 당근을 씻어서 깍둑썰기해 두고(감자는 좀 크게, 당근은 좀 작게) 양파도 거의 하나를 썰어두었다. 거기에 애호박을 넣는다는 사람이 있기에 넣으려 했다. 있는 줄 알았는데 없어서 넣지 못했다. 대신 버섯을 좀 썰어 넣기로 했다. 버섯은 그 자체로 별맛이 없다. 요리 맛에 영향을 주지 않으면서 식감이 나쁘지 않고 먹으면 약이 된다. 기회가 날 때마다 부담 없이 넣을 수 있다.

'고기'를 볶기 시작했다. 버터로 볶으면 풍미가 다르다는데…… 망설이다가 그냥 현미유로 볶았다. 적당히 볶아진 뒤 당근, 감자, 양파 순으로 넣고 볶았다. 꽤 볶아졌다 싶을 때 물을 붓고 끓였다. 재료를 익히는 순서랄까. 여기에 쥐똥고추 작은 걸 하나 잘게 썰어서 넣어주면 매력적인 매운맛이 난다.

이때쯤 물 양을 조절하기 위해서 전자레인지에 머그 한 컵 정도 데워 놓을 필요가 있다.

재료가 익어갈 때쯤 카레를 푼다. 요즘 카레는 가루라고 해도 잘 풀어지니까 걱정할 필요가 없다. 고체 카레와 가루 카레를 섞으면 맛있다고 하는데…… 그러려면 나갔다 와야 한다. 그냥 아이쿱에서 사온 가루 카레만 풀었다.

걸쭉한 정도를 조절하면서 충분히 끓였다 싶으면 마무리를 시작한다. 이 과정은 사람마다 조금씩 다른 것 같다. 나는 우유와 들깻가루, 달걀을 깨 넣고 한소끔 끓여낸다. 당연히 잘 저어주면서. 그러면 쓴맛이 잡히고 맛도 부드러워진다. 우유가 없다면 달걀만으로도 비슷한 효과를 낼 수 있다.

카레와 밥을 차려주었다. 쓴맛이 좀 받친다고 하기에 달걀을 하나 더 깨 넣고 다시 끓였다. 요 며칠 사이에 가장 많이 먹었다. 쥐똥고추가 카레 맛을 더 강하게 했을 것이다.

잘 먹는 것을 보고 나도 한 그릇 먹었다. 오늘 먹은 건 이게 전부다. 아, 아니구나 커피도 마셨다. 약도 먹었고. 먹는 이야기를 하니 배가 고프다. 아직 먹어보지 못한 감동란을 먹어봐야겠다. 좋아하는 스콘도 하나 사 오고.

얼마나 다행인지 모르겠다. 먹고 잠이 든 것 같다. 잠깐 나갔다 와도 되겠지.

노트7인가로 바꾸면서 내 지문이 내 비밀 문을 여는 열쇠가 된다는 사실이 참 반가웠다. 비밀번호는 쉽게 만들면 다른 사람도 알고, 어렵게 만들면 나도 잊어먹는다.

'좋은' 비밀번호를 만들기가 쉽지 않다. 그렇다고 한때 컴퓨터 칼럼니스트라는 타이틀을 가지고 있던 나에게 좋은 방법이 없는 것은 아니다. 내가 쓰는 방법은 내 역사를 꿰는 사람도 알아맞히기 어렵다.

가끔 내 방법을 가르쳐주고 싶을 때도 있다. 바로 지금 이런 글을 쓰는 순간. 그렇지만 알려주는 순간 내 비밀이 열린다. 참 엉뚱하다. 급박한 순간에도 이런 엉뚱한 생각이 떠오르고 곁길로 샌다(입에 익은 대로 말하자면 삼천포로 빠진다고 말하고 싶지만).

언제부턴가 내 스마트폰이 내 지문을 거부했다. 엄지손가락을 아무리 '잘' 가져다 대어도 '아니'라는 것이었다. 어쩔 수 없이 패턴으로 문을 열었지만 도대체 이유를 몰랐다. 그때까지만 해도 부엌일을 좀 한다고 지문이 지워지는지 몰랐기 때문이다.

나는 어린 시절부터 장갑과 양말 신는 것을 무척 싫어했다. 답답했기 때문이다. 손으로 무엇인가를 해야 하는데 그 감각을 무디게 만드는 장갑이 말도 못하게 싫었다.

말하다 보니 또 하나 더 내가 싫어하는 게 떠오른다. 머리 깎으러 가는 일이다. 아무 생각 없이 멍청하게 앉아 있어야 하는 그 시간이 말도 못하게 싫다. 졸음이 덤벼들어 정신을 잃게 되기도 하는 오묘한 시간이기도 하다. 나는 정신이 맑을 때가 가장 좋다.

젊을 때는 잠자는 걸 '꽤' 싫어했다. 감각이 무뎌지는 것을 견딜 수 없었던 것이다.

아무리 추운 겨울에도 맨손에 맨발이었다. 군대에서는 어떻게 했더라……? 잘 기억나지는 않는다. 혹한기 훈련에서야 도리 없이 장갑을 꼈을 것이다. 그래도 웬만하면 장갑은 사절했다.

부엌일을 하면서 고무장갑도 써본 적이 없다. 그랬으니 더 그랬을 것이다. 손가락 지문이 사라졌다. 살갗도 아프기 시작했다. 워낙 살갗이 약하다. 테니스를 할 때도 한 달만 하지 않으면 다시 시작해야 했다. 까지고 아프고 굳은살이 박일 때까지. 심지어는 휴가 십오 일을 지내고 군대에 돌아갔을 때 군화 때문에 종아리 아래 부분과 발의 살갗이 다 까졌다. 나는 그 아픔을 자주 참고 견뎌야 했다.

부엌일은 계속되어야 하고…… 어느 날 아내가 말했다.

"나물 무칠 때 맨손으로 하지 말고 일회용 장갑을 껴."

초점은 두 가지였을 것이다. 고춧가루나 마늘 다진 것 등등 매운 양념을 손으로 만지면 살갗이 더 아플 것이라는 경고다. 그리고 일회용 장갑이 더 위생적이다. 내가 내 손을 생각할 때 충분히 동의할 수 있다.

"청양고추를 썬 손으로 눈을 비비거나 하면 거의 죽음인데……"

이제는 양파나 청양고추를 썰면서 울지 않는다. 조금 익숙해져서 그럴 것이다. 전에는 양파를 까거나 고추를 썰면 울면서 재채

기를 했다. 지금도 고춧가루를 쓰거나 후춧가루를 써야 할 때면 꼭 재채기를 한다. 예민해서 그런 걸까?

지문도 사라지고 살갗도 아파 견디기 힘들었다. 일회용 장갑을 쓰기 시작했다. 훨씬 나았다. 음식 재료를 장만할 때도 쉬웠고(손을 덜 씻어서), 뜨거운 물로 설거지를 할 때도 훨씬 견디기 쉬웠다. 나물과 같은 반찬을 만들 때도.

아마 일회용 장갑 한 묶음을 다 썼을 때쯤이었을 것이다. 스마트폰이 내 지문을 받아들였다. 살갗도 조금 덜 아팠고.

부엌에서 일회용 도구를 무조건 쓰지 말아야 한다고 주장하는 사람에게 부엌일을 시켜보는 게 좋겠다는 생각이 들었다. 편리한 도구는 극복해야 할 대상이지 버려야 할 대상이 아니다. 일회용을 삼사회용으로 쓰려고 애쓰긴 해야 하겠지만.

부엌을 늘 깔끔하게 유지하려면 일이 끝이 없다. 쉬지 않고 먹고 마셔야 하는 사람이 살아가는 한.

소고기 뭇국, 맛있긴 하지만

아이쿱에서 무항생제 한우 국거리 '1등급 이상'을 두 팩, 무농약 무 하나를 샀다. 1등급이면 1등급이지 1등급 이상은 뭘까? 설명을 읽어보니 1등급 이상이 80%이상이라는 뜻이란다. 오묘한 표현일세.

집 음식은 설탕 안 넣고 싱겁게 만들기 때문에 심심할 수밖에 없다. 청양고추나 쥐똥고추를 빠뜨리지 않고 넣는 이유다. 어디에나 감초처럼 들어가는 청양고추가 떨어졌다. 생각이 나서 청양고추도 한 봉 추가.

국거리를 찬물에 담근다. 오 분쯤. 핏물을 빼기 위해서. 그사이에 무를 나박나박 썰어둔다. 무쇠 냄비를 꺼내 불에 올린다. 달궈지는 사이에 참기름을 두 숟갈 정도 두른다. 소고기를 넣고 볶으면 오래지 않아 핏기가 가신다. 거기에 썰어둔 무를 넣고 색깔이 조금 변할 때까지 볶는다. 물을 적당히 붓고 끓인다.

이때 곁에 서서 중간에 뜨는 보기 싫은 회색 거품을 잘 걷어내야 한다. 맑은 국물을 만들려면. 처음에는 꼭 소고기를 걷어내는 것 같아서 하지 않았다. 그게 아니라는 걸 알고 걷어내기는 한다. 아직도 아낌없이 그러지는 못하지만.

십 분쯤 끓였을까? 국물 맛을 보니 '왠지 모르게' 밍밍하다. 소고기 삶은 깊은 국물 맛이 아니다. 소고기를 적게 넣었나? 아니다. 한 팩을 그대로 넣었다.

불을 잠깐 끄고 인터넷에 물어보았다. 다시마를 조금 넣고 끓여보라고 한다. 그랬더니 국물 맛이 그럴듯해졌다. 다시마는 건져내고.

양념을 한다. 오래된 국간장 조금, 소금 조금, 다진 마늘 듬뿍, 생강 가루 조금…… 말간 소고기 뭇국이 다 되었다.

국그릇을 따뜻하게 데워서 국을 뜨고 대파 다진 것을 고명처럼 뿌려서 우선 맛을 보라고 했다. 맛이 안 나는 것은 아니지만 뭔지 모르게 2프로 부족하다. 내가 먹어봐도 그렇다.

아, 맞다. 국물 맛 살리느라고 정신이 팔려서 청양고추를 빠뜨렸다. 퍼뜩 청양고추를 썰었다. 길게 반으로 가르는데 무척 매운 냄새가 난다. 하나를 다 넣으면 너무 매울 거다. 반만 넣고 끓였다.

아내는 소고기 뭇국을 곁들여 죽을 먹었다. 비교적 잘. 아들도 맛있게 먹었고, 나도 밥을 말아 먹었다. 요즘은 먹긴 하지만 입맛이 없고 늘 배가 고프다. 모자라지만 더 먹게 되질 않는다. 허기를 조금 달래고 나면.

아예 단식을 할까 싶기도 하다. 열아홉 살부터 해마다 한 번씩 하던 단식, 벌써 여러 해 하지 않았다. 단식을 하면 먹지 않아도 배고프지 않고 허기도 느끼지 못한다. 건강에도 좋고. 단식 기간 중에는 힘이 좀 딸리겠지만. 끝나고 나면 이전보다 훨씬 강해질 테니까.

워낙 면을 좋아해서 라면을 자주 끓여먹는다. 맛보다 간편해서 그럴 것이다. 오래 먹다 보니 정도 들었을 것이고.

라면의 역사는 중국의 랍면拉麵에서 시작된다. 적어도 이름은 그렇다. 백과사전을 찾아보면 랍면은 중국의 서쪽에서 시작된 것 같다. 란저우兰州 스타일이라는 말을 쓰는 걸 보면. 그 지방 이슬람 식당에서 파는 국수로 소고기나 양고기 국물에 말거나 오이채 같은 채소들과 함께 볶아서 내놓던 것이다. 당연히 돼지고기는 코빼기도 보이지 않는다.

그 랍면이 일본에 들어갔다. 메이지 유신 이후 중국인들이 일본에 들어가서 노점에서 팔았다. 닭뼈나 돼지뼈, 멸치, 가다랭이포 등을 우려낸 육수에 '중화면'이라는 국수를 말았다. 그것을 일본사람들이 라멘이라고 불렀다.

한참 세월이 흘렀다. 일본은 패전하고 물자가 귀해졌다. 미국에서 들어온 구호 식품으로 '밀가루' 천지가 된 것은 일본도 마찬가지였나 보다. 안도 모모후쿠라는 사람이 밀가루로 식품 개발을 시작했다. 값싼 인스턴트 국수를 만들면 굶주리는 사람이 줄어들 것이다.

기름에 튀긴 국수를 만들기에 이른다. 당연히 돈도 많이 벌었을 것이다. 그렇지만 안도 모모후쿠라는 사업가는 돈보다 더 사람에게 애정이 컸다는 증거가 있다. '라면' 만드는 기술을 특허 내지 않았고, 누구에게나(?) 가르쳐주었다고 한다.

일본에서는 1958년에 인스턴트 라면이, 1971년에는 컵라면이 시장에 나왔다. 나와 정확하게 같은 세대다. 삼양라면이 일본에서 그 기술을 배워 와서 역시 구호 밀가루로 라면을 만들기 시작한 게 1963년이다.

처음에는 고전을 면치 못했다. 한국 사람 역시 아직 '밀가루 맛'에 길들여지지 않았기 때문이다. 그러나 오래가지 않았다. 스프에 고춧가루를 넣고 좀더 짜게 했다. 당시 정권의 혼분식 장려 정책의 도움을 받아 금방 국민 식품으로 자리잡는다.

나는 바로 그 시절부터 라면을 먹었다. 1989년 라면 우지 파동 이후 라면은 고급화되어 다양하게 개발되었고 더욱더 맛있는 먹을거리가 되었다. 누구나 쉽고 간단하게 끓여먹을 수 있는 라면은 이제 일 년에 일천억 개가 팔린다고 한다.

라면에 대한 비판이 많지만 나는 여전히 라면을 즐긴다. 주로 아이쿱에서 산 라면이지만.

라면을 좀더 맛있게 먹으려면 맛있는 육수를 쓰는 게 좋다. 아니, 그게 무엇이든 맛있는 음식을 먹고 싶다면 좋은 재료가 준비되어 있어야 한다.

특히 육수가 그렇다. 예를 들면 국물멸치, 표고버섯, 대파뿌리, 다시마, 생강 조금을 넣고 우린 국물을 일회분씩 나누어서 얼려두면 아주 편리하다. 떡국 꾸미 같은 것을 만들 때 많이 해서 얼려두어도 좋다. 그것들이 다 떨어졌으면 가게에서 사골국물을 사다가 물을 좀 부어 써도 된다. 생협에서도 판다.

라면은 센 불에 끓여야 면이 맛있다. 나는 떡국 떡도 넣는다. 떡라면을 좋아하기 때문이다. 지켜 서서 '좋아하는 정도'까지 익기를 기다려야 한다. 하도 오랫동안 끓여먹던 것이라 색깔만 봐도 안다. 당연히 적당한 시점에 달걀 하나를 깨 넣는다. 마지막으로 잘게 썬 대파를 고명처럼 얹고. 나는 쪽파를 더 좋아하지만.

이월에는 병원에서 지내는 시간이 많았다. 먹고 싶은 마음도 생기지 않았지만 배가 고파도 맛있고 배부르게 먹을 게 없었다. 다양한 구내식당이 있었지만 비싼 값에 비하면 어처구니없을 정도로 형편없었고 병원 바깥으로 나갈 시간도 없고 멀기도 했다.

씨앤유에 들렀다가 백종원집밥을 봤다. 우삼겹 정식이 있기에 들고 한참 만지작거렸다. 괜찮을까? 편의점에서 도시락을 사 먹어본 적이 없다.

반찬으로는 계란말이와 소시지는 물론, 야채소시지볶음과 닭가슴살 크림 스파게티…… 느끼한 맛을 잡을 수 있는 마늘쫑 무침도 있다. 재료의 원산지를 확인해보고 싶었다. 마지막 관문이다. 대부분이 한국산이었다. 뜻밖이었다. 집어들었다.

그나저나 우삼겹은 어떤 맛일까? 차돌박이의 고소함과 양지의 쫄깃함이 어우러졌단다. 거기에 숯불향이 나는 특별한 소스로 조리한 것이라고 한다. 먹어보니 맛있긴 하다. 그게 그들이 말하는 바로 그 맛인지는 잘 모르겠지만.

그날따라 무척 배가 고팠던 모양이다. 그걸로 모자랄 것 같아서 그 곁에 있는 가쓰오 우동도 하나 집었다. 어린 시절 분식집에서 라면과 김밥을 함께 먹던 것을 떠올린 '생각'이 가쓰오 우동까지 사게 만들었을 것이다.

웃기는 것은 가쓰오 우동이야말로 재료의 원산지가 세계적이다. 그럼에도 불구하고 살까 말까에 아무런 영향을 미치지 못했다. ㅎ! 가쓰오 우동을 맛있게 먹고 싶다면 감동란의 감동이 더해져야 한다. 이러면 편의점에서 사 먹는데도 구천 원쯤 든다.

가쓰오 우동에 물을 붓고 전자레인지에 넣고 '끓이기 전'에 도시락 김을 좀 부숴서 넣고, 감동란을 까 넣는다. 우동에 넣은 삶은 달걀은 먹을 때 반을 갈라 국물과 섞어 먹는다. 위로가 될 만큼 맛있다. 아, 물론 식성에 따라 다르겠지만.

집에서 가쓰오 우동을 끓일 때는 김만 더 넣는 게 아니다. 어묵도 좀 넣고, 다진 마늘도 좀 넣고, 잘게 썬 대파도 넣는다. 가쓰오부시도 좀더 많이 얹고.

감동란이 없다면 달걀을 감동란처럼 삶으면 된다. 간단하다. 냄비에 찬물을 올릴 때 냉장고 달걀을 그대로 넣고 센 불에 8분이나 9분 삶으면 된다. 그보다 길면 노른자가 너무 익고 그보다 짧으면 너무 덜 익는다. 꺼내자마자 찬물에 헹궈 놓기만 하면 껍질도 잘 까진다.

언젠가 아들에게 해주었더니 '도대체' 어떻게 만든 거냐고 했다. 아주 맛있게 먹으면서.

내가 먹자고 이러는 경우는 아주 드물다. 어젯밤 열시쯤 집으로 들어오는 길에 백종원집밥 우삼겹 정식과 가쓰오 우동을 샀다. 집 안은 고요했다. 그 고요함에 저항할 수 없었다. 온몸은 파김치가 되어 있었고.

월요일은 새벽 다섯시에 일어나 강의하러 나선다. 하루종일 강의가 있다. 현관에 모든 것을 내려두고 내 방으로 가서 쓰러져 잠들었다. 아무것도 먹지 않은 채. 먹어야 할 약도.

아침에 일어나 커피를 데우면서 어젯밤에 사 온 것들은 모두 냉장고에 넣었다. 다시 못 견디게 배가 고프면 먹을지 모르겠지만.

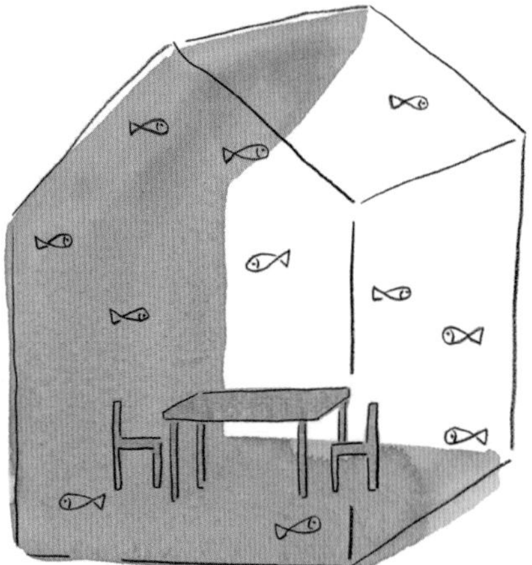

아내가 잠깐 잠든 사이, 볶음우동

병간호하느라 고생하는 처제와 조카를 위해 저녁밥을 챙겼다. 볶음우동을 해주겠다고 하자 고개를 갸웃거렸다. 어떤 모양, 어떤 맛의 우동을 해주겠다는 것인지 감이 잡히지 않았던 모양이다. '야끼소바를? 일식도 할 줄 아나?' 뭐 그런 생각을 했는지도 모른다. 그러면서 일단 사양한다.

그러잖아도 힘들 텐데 그냥 일이나 하시거나 쉬시라고 한다. 밥은 처제가 챙기겠다면서.

생각보다 간단해, 그렇지만 먹을 만해, 그러면서 부엌에서 처제를 내쫓았다. 잠깐이지만.

주재료는 풀무원 볶음우동 4인분짜리(거기에서 3인분만)이다. 아주 맛있게 만들기 위해서는 거기에 닭고기 가슴살, 양파, 양배추를 더 넣고 잘 볶으면 된다. 감자, 버섯, 애호박, 파프리카처럼 다양한 채소를 넣어도 좋다.

닭고기는 없다. 돼지고기 안심으로 대신했다. 양이 좀 적다. 냉동실에서 '궁중 너비아니' 하나를 꺼내 썰었다. 이건 '국내산 무항생제 돼지고기와 야채, 벌꿀, 과일' 등의 재료로 만들어진 것이다.

고기와 감자, 양파는 적당한 크기로 깍둑썰기하고, 양배추는 나박나박 썰어두었다. 양배추가 좀 적다.

움푹한 프라이팬에 기름을 두르고 다져놓은 마늘을 듬뿍 올려서 약한 불에 볶다가 마늘이 하얘지기 시작하면 고기를 넣고 볶는다. 센 불로 볶다가 감자와 양파, 양배추를 넣고 좀더 볶는다.

거기에 딸려 온 야채스프와 볶음우동을 털어 넣고 물을 자작하게 부은 다음 역시 딸려 온 '데리야끼 쏘스'를 푼다. 센 불로 끓이다가 생각하니 토마토를 하나 넣는 게 좋겠다. 양배추도 적었으니. 조금 달짝지근한 맛에 잘 익은 토마토를 섞는 것도 괜찮을 것이다. 퍼뜩 하나를 씻어 큼직하게 썰어 넣었다.

맛있는 냄새를 풍기며 익어갈 때쯤 역시 딸려 온 '풍미유'를 넣고 휘저었다. 그 위로 잘게 썰어둔 대파를 뿌렸다. 이제 불은 끄고.

김치를 김칫독에서 '재빨리' 꺼내 예쁘게 담아내고 프라이팬째로 식탁에 가져다놓았다. 사람 수대로 앞접시와 수저를 준비했다.

입맛이 없다며 먹는 양이 아주 적었던 처제도 한 그릇 다 먹었다. 조카는 아주 맛있게 먹었고. 거의 다 먹을 때쯤 눈치를 보니 조카는 아쉬운 모양이다.

"밥을 볶아줄까?"

"많이는 말고 조금만요."

사양하지 않는다.

"맛있을 테니까 기대해."

프라이팬에 볶음우동 국물이 적당히 남아 있었다. 김을 넣고 밥을 볶기에 좋아 보였다. 밥 한 공기쯤 넣고 도시락 김은 세 개를 부숴 넣었다. 참기름도 듬뿍 치고 뜨거운 불로 볶으면서 잘 비볐다. 다 비벼지고 바닥 물기가 사라질 때쯤 볶은 밥을 바닥으로 조금 눌러놓았다가 꺼낸다. 바닥은 살짝 누룽지가 되도록.

"이렇게 쉽고 간단하면서 맛있는 재료를 유럽에서는 왜 만들어

팔지 않는지 모르겠어요."

이건 처제의 반응이고,

"이모부는 밥을 특별히 맛있게 잘 볶는 것 같아요."

이건 조카의 반응이다.

"맞아. 볶음우동보다 마무리 볶음밥이 더 맛있어."

다시 처제의 맞장구.

식탁 위의 그릇을 보니 발우공양한 것처럼 깨끗했다. 나도 배가 불렀다. 참 오랜만에.

아내는 잠깐 잠이 들었고.

카르페 디엠, 해삼탕

아내가 소화제를 찾는다. 노자임캡슐과 모티리콘정을 가져다주었다. 노자임이 아주 잘 듣는다. 이유가 뭔지는 모르지만 이 약은 '보험'이 안 되어서 약값이 좀 든다. 큰 액수는 아니다. 자라 보고 놀란 가슴 솥뚜껑 보고 놀라는 경우일 것이다. 언제부턴가 '비보험'이라는 말을 들으면 가슴이 철렁한다. 아내에게 이 약의 효과는 아주 좋다. 잘 먹고 잠이 들었다.

아침에 일어나 물에 불려둔 돌덩이 해삼부터 챙겼다. 네댓 배인지 대여섯 배인지…… 무척 커졌다. 만지면 꽤 부들부들해졌고. 가장 부드러운 놈을 꺼내서 반으로 갈라보았다. 흐물흐물하다. 내장도 쉽게 잘 분리된다. 해삼탕이든 류산슬이든 할 수 있게 준비가 되었다는 뜻이다.

아내의 상태가 꽤 좋다. 그동안 거의 먹질 못했는데 오늘은 먹을 수 있겠다고 한다. 내가 해줄 해삼 요리에 대한 기대도 큰 모양이다. 쪼끔 부담스럽다. 해본 적이 없는데…… 그래도 맛있게 먹어본 적이 있으니.

여러 개의 레시피를 참고했다. 머릿속에 그림이 그려졌다.

재료를 정했다. 목이버섯, 표고버섯은 말린 것이 있고, 팽이버섯은 하나 사 오면 되고. 중요한 것은 청경채다. 느끼한 맛을 잡고 깔끔한 맛을 더해 조화롭게 만드는 데 결정적인 역할을 한다. 잘 데쳐야 하지만.

빨간 파프리카도 채 썰어서 넣고, 냉동해둔 방울양배추도 해동해서 넣자. 이 모든 것들이 약이 된다. 맛있게 먹을 약을 만드는 것이다. 조금 신바람이 난다. 세상에! 신바람이라니.

중국음식을 볶기 시작할 때는 채로 썬 대파와 마늘 편, 생강 편이 필요하다. 생강이 있나 확인했다. 전분도 있어야 한다. 다 있다. 새우 살도 조금 넣을까? 냉동실에 조금 있는 줄 알았는데 아무리 찾아도 없다. 새우 살과 청경채, 팽이버섯을 사러 다녀왔다. 청양고추도 한 봉, 유기농 우유도 한 병.

시작했다.

나중에 전분을 풀기도 해야 하고, 재료를 다 볶은 다음에 부어줄 육수, 다시마 우린 물이 필요하다. 다시마 조각 서너 개를 넣고 물을 올렸다. 우려지는 동안 재료를 준비한다.

대파를 채 썰고, 청양고추 하나를 다지고, 말린 쥐똥고추 작은 것 하나를 잘게 부수고, 마늘과 생강을 편으로 썰었다.

움푹한 프라이팬에 기름을 쫌 두르고 거기에 준비한 대파, 마늘, 생강, 청양고추, 쥐똥고추를 넣고 약한 불에 볶는다. 향기로운 기름을 만드는 것이다.

그 기름에 파프리카와 방울양배추를 넣고, 그다음에 불린 표고버섯과 목이버섯을 꼭 짜서(물기를 빼고) 넣는다. 팽이버섯도 밑동을 자르고 다시 반으로 잘라 넣고. 마지막으로 새우 살과 불어서 큼지막해진 해삼 다섯 마리를 채 썰듯, 그러나 작지 않은 크기로 썰어둔 것을 넣었다.

웬만큼 볶아졌다 싶으면 다시마 우린 물을 자작하게 붓고 끓이면서 굴소스로 간을 한다. 그러고 미리 만들어둔 '전분 물'로 걸죽한 정도를 조절한다.

센 불로 하면 금방 만들어진다. 물기가 조금 남았을 때 끝낸다.

이것을 데친 청경채에 싸 먹을 수 있게 모양을 잡았다. 청경채를 데쳐서 내놓는다. 데칠 물에는 소금을 조금 넣고, 식용유를 조금 친다. 팔팔 끓는 물에 일 분 정도 데친다. 이 분 정도까지는 괜찮은 것 같다. 청경채는 덜 데치면 질기고 많이 데치면 제 맛을 좀 잃는다. 잘 보고 적당할 때 꺼내야 한다.

하얀 접시에 데친 청경채를 깔고 그 가운데 해삼탕을 얹는다. 상상해보시길. 새하얀 접시, 그다음은 초록색 청경채, 가운데에는 해삼탕. 그림이 괜찮게 나왔다.

집에는 여러 사람이 있었지만 양을 제대로 가늠하지 못한 탓에 '나눠줄 정도'가 되지 않았다. 우선 기다리는 환자부터 먹이기로 했다. 아직 불린 해삼 다섯 마리가 남아 있다. 재료가 다 준비되어 있고, 한번 해본 것이니 금방 해줄 수 있다.

나박김치와 해삼탕을 쟁반에 담아 가져다주었다. 요즘은 내가 만든 음식을 맛보지 않고 가져다준다. 글쎄, 꼭 자신감 때문은 아닌데, 언제부턴가 그런다. 그러고 나서 긴장한다. 맛있을까? 잘 먹을까? 조금 떨어져서 먹는 걸 지켜본다.

"세상에, 너무 맛있어!"

그 말에 온몸이 풀어진다. 청경채에 싸서 맛있게 먹는다. 나보고도 한번 먹어보라고 한다. 나도 궁금하다. 내가 만든 것이 어떤 맛인지. 맛있다. 집에 있던 사람들 모두 다 맛을 보았다. 나는 퍼뜩 더 만들기 위해 부엌으로 돌아갔다.

아내는 한 접시를 다 먹었다. 오랜만에 '포식'을 했다며 웃는다. 그러면서 걱정이다. 제대로 소화시킬 수 있을까? 그래서 노자임 캡슐과 모티리콘정을 가져다주었다. 따뜻한 보리차와 함께.

부엌으로 돌아와서 다른 사람들도 먹을 해삼탕을 만들었다. 한참 만들고 상을 차리는데 집안이 조용해졌다. 아내가 잠이 든 것이다. 오랜만에 배부르게 먹고.

그러고 보니 이럴 때가 아니다. 아내는 건해삼으로 만든 요리를 한동안 찾을 것이다. 건해삼을 먹을 수 있게 만드는 데는 '오랜 시간'이 필요하다. 그게 문제다. 집에 있는 건해삼을 모두 꺼내 일단 물에 불리기 시작했다.

우리는 식탁에 둘러앉아 아점을 먹었다. 생각해보니 류산슬은 아니다. 그렇다고 해삼탕이라고 하기에도 좀 그렇지 않아?

"어쨌든 맛있어요!"

이렇게 평화로운 순간에는 아내의 병이 다 나을 것 같다. 주치의는 그럴 리 없다고 딱 잘라 말하지만. 그렇다고 희망까지 버릴 수는 없다. 게다가 누가 뭐라고 하든 '지금 이 순간'을 즐기는 게 중요하다. 인생은 언제나 그래. 카르페 디엠!

배가 아프다고 하더니 좀 나은 모양이다. 작은 폭풍은 자주 드나든다. 갑자기 왔다가 빠르게 사라지기도 한다. 자주 구토증을 호소한다. 그럴 때는 과일을 찾는다. 과일이 구토증을 잡아줄 때가 많다. 요즘 주로 찾는 과일은 망고와 멜론이다.

망고나 멜론 역시 사 온 뒤 하루나 이틀 후숙한 뒤에야 제맛이 난다.

처음 망고를 사다줄 때 걱정스러웠다. 단맛 나는 것들은 혈당 피크를 일으킬 수 있기 때문이다. 암 환자는 특히 조심해야 한다. 찾아보았더니 다행히도 혈당 지수가 낮은 편이었다. 50 이하. 49 정도였다.

영양 성분은 어떨까? '망고 효능'이라고 검색해보았다. 베타카로틴이 많이 들어 있다고 한다. 항산화 작용(노화를 막는 작용)이 강하다는 뜻이다. 그러면 항암 효과도 있고. 달긴 하지만 칼로리도 높지 않다. 희한하게 맛있게 먹으면서 병에도 좋은 과일이다.

멜론도 그럴까? 포타슘(칼륨)이 풍부하다. 나트륨을 배출하여 혈압을 낮추는 데 도움이 된다. 이건 암세포에도 작용한다는 뜻이다. 역시 베타카로틴이 많이 들어 있다. 혈액순환을 개선해주는 아데노신도 들어 있다. 멜론도 암 투병에 도움이 된다. 아주 좋다.

가벼운 마음으로 망고와 멜론을 준비해줄 수 있겠다. 작은 망고는 여섯 개쯤, 큰 멜론은 하나만 사두기로 했다. 집을 나서려는데 '다녀오는 길'이냐고 묻는다.

"지금 나서는 길인데……"

“아까 나간 줄 알았어.”

“망고와 멜론의 ‘효능’에 대해 인터넷에 물어보다가 시간이 걸렸어. 그걸 글로 정리해두기도 했고.”

“진작 다 확인해본 건데……”

“아, 그랬구나.”

“딸기도 사 와.”

엘리베이터를 기다리면서 인터넷으로 ‘딸기 효능’을 검색했다.

깜짝 놀랐다. 비타민 C가 레몬의 2배, 사과의 10배나 된다고 한다. 면역력에 크게 도움이 된다는 이야기다. 항산화 물질인 안토시아닌도 풍부하다. 말을 바꾸면 항암 작용이 있다는 뜻이다. 망간, 구리, 철분, 칼륨 성분이 적혈구 생산에 도움이 된다. 식물성 섬유질인 펙틴이 있어서 장의 운동을 돕는다. 어떤 병에든 다 필요한 성분들이다.

특히 아내는 다른 종류의 비타민 C를 섭취하지 못한다. 예를 들면 귤을 먹고도 토할 정도다. 그런데 딸기는 아주 잘 먹는다. 요즘 주로 이런 과일만 먹고 지냈는데…… 키위도 혈당 지수가 낮고 비타민 C가 무척 많다. 지금 이 과일들과 비슷한 효능을 가지고 있다. 키위는 집에 있다.

이 과일들은 다 맛있는 약이다. 제대로 알고 나니 위로가 된다. 대충 알고 있을 때는 두렵기만 하더니.

요리하는 사람도 먹어야지

나를 위한 잡채밥

아마도 요리를 시작한 이후 처음이 아니었나 싶다. 나를 위해 먹을거리를 만든 건.

아침에는 아내와 아들을 위해 해삼탕을 조금씩 다르게 만들었다. 아내를 위해서 만든 것은 마늘을 듬뿍, 청양고추 하나, 쥐똥고추 하나를 넣었고 재료를 모두 잘게 썰었다. 전분은 쥐똥만큼 넣었고. 해삼과 전복은 듬뿍, 얇게 썰어 넣었다.

아들 것에는 소고기를 좀 많이 더했다. 해삼과 전복이 적게 남아 있었기 때문이다. 재료를 듬성듬성 썰었고. 전분은 중국집에서 볼 수 있는 정도로 툭툭하게 넣었다. 간도 조금 더 짜게 했고.

나는 아들 것을 조금 덜어서 먹었다. 그러고 먹은 게 없다. 저녁이 되자 배가 고팠고 오늘은 '라면 따위'를 먹고 싶은 마음이 조금도 생기지 않았다. 그냥 건너뛸까?

어릴 때 혼자서 밥을 사 먹으러 다니곤 했다. 이유는 잘 기억나지 않는다. 왜 혼자서 분식집이나 중국집으로 밥을 사 먹으러 다녔을까? 슬픈 기억은 별로 없다. 그냥 사람들이 흘끔거리며 보는 것이 부담스러웠을 뿐.

중국집에 가면 주로 잡채밥을 먹었다. 라면 끓일 때도 당면을 넣어 먹는다. 혼자 살 때는 주로 라면에 당면과 떡을 넣어 먹었다. 십 년 전만 해도. 그 기억이 솟구쳤나 보다. 잡채밥을 해먹자.

먼저 뻣뻣한 당면을 고분고분하게 만들기 위한 육수를 만들었다. 다시마, 말린 표고버섯, 잔새우, 대파를 넣고 이십 분쯤 걸릴 것이다.

그사이에 '잡채'를 준비한다. 소고기를 잘게 썰어서 밑간을 해두고, 당근, 애호박, 파프리카 노랑 하나, 빨강 하나, 방울양배추 여섯 개쯤, 목이버섯 조금, 팽이버섯 조금을 준비했다.

가스불이 꺼졌다. 이십 분이 후딱 흐른 것이다. 육수에 들어 있는 건더기들을 모두 건져내고 그 물에 당면을 담갔다. 충분히 불려야 한다. '잡채'를 볶는 동안 당면은 육수를 흠뻑 빨아들일 것이다.

마늘 큰 것 서너 개 편으로 썰고, 대파, 청양고추, 쥐똥고추를 잘게 썰었다. 프라이팬에 기름을 두르고 그것들을 넣고 약한 불에 볶다가 쇠고기를 먼저 넣었다. 그다음에는 준비해둔 채소를 한꺼번에 후루룩 쏟아넣고 센 불에 한참 볶았다.

재료가 전부 어우러질 때까지. 프라이팬을 흔들어 재료를 뒤집어가면서. 다 되었다.

육수를 잔뜩 머금은 당면을 볶을 차례다. 체에 받쳐 당면의 물기를 뺐다. 남은 육수로 국물을 만들어두었다. 잡채 재료에서 조금 빼둔 채소들을 넣고 끓이다가 간을 하고, 끓을 때 달걀 하나를 풀어 넣고, 대파 잘게 썬 것을 넣고.

프라이팬에 마늘 편들, 대파 썬 것을 넉넉히 넣고 참기름을 부었다. 거기에 유기농 콩간장을 적당히 넣고 유기농 올리고당을 조금. 약한 불에 이것들이 잘 섞이게 끓이다가 당면을 넣고 잡채가 될 때까지 꽤 한참 볶았다.

다시 미리 볶아두었던 채소와 소고기를 넣고 잘 뒤섞으며 한참 더 볶았다.

맛있게 먹었다. 어린 시절 혼자서 중국집에서 먹던 기억을 떠올리며. 노란무와 양파, 춘장을 반찬 삼아.

라면 끓여먹는 것보다 복잡한가? 그다지 그런 것 같지도 않다. 다양한 재료를 섞고 비교적 복잡한 과정을 거쳐 잡채밥을 했지만 부엌은 여전히 잘 정돈되어 있다. 전에는 요리 하나 끝내고 나면 전쟁터 같았는데. 라면이나 잡채나. 부엌의 풍경은 그대로다.

대패삼겹살 덮밥, 서서 먹어도 제대로

혼자서 맛있는 밥을 느긋하게 먹는 일은 드물다. 대개는 서서 얼른 허기를 채운다.

전에는 라면을 끓여 퍼뜩 먹었다. 물을 넉넉히 붓는다. 끓으면 스프, 당면 조금, 라면, 떡을 넣는다. 적당한 때에 달걀을 하나 넣는다. 반찬은 김치. 가끔 땅콩조림이나 매실장아찌를 곁들이기도 했지만. 대파를 썰어 넣는다거나 '그런 짓'을 해본 적이 거의 없다.

요즘은 혼자 먹을 음식에도 도마와 칼을 쓴다. 대패삼겹살 덮밥 같은 것을 해먹기도 한다.

마늘을 조금 두꺼운 편으로 썬다. 대파를 채 썰듯, 그러나 굳이 아주 가늘게 할 필요는 없다. 불에 올릴 것이니. 하나로마트에서 파채를 사두고 쓰기도 한다. 쪽파를 좋아해서 잔뜩 쫑쫑 썰어두기도 한다.

프라이팬을 올리고 냉동실에서 대패삼겹살을 꺼내 예닐곱 개쯤 꺼내 올린다. 약한 불로 익힌다. 기름이 좀 나오고 적당히 익으면 대패삼겹살은 일단 덜어놓는다. 기름은 조금만 남겨두고 버린다.

프라이팬에 남겨진 기름에 마늘 잔뜩, 대파 잔뜩 넣고 잠깐 볶는다. 거기에 만능간장과 올리고당을 적당히 넣고 섞다가 다시 삼겹살을 넣고 비비면서 바싹 익힌다. 이때 토마토 반 개쯤(방울토마토라면 대여섯 개)을 넣는다. 금방 된다. 여기까지 한 오 분이나 길면 십 분쯤.

뜨거운 밥을 조금 큰 그릇에 담고 아보카도를 조금 넣고, 양파 다진 것은 조금 많이 넣고, 소금도 조금 치고, 참기름도 조금 친 다음 손으로 비빔밥을 만들어 모양을 잡고. 그 위에 앞에 만들어 둔 "신선한 토마토와 함께 마늘 대파로 볶은 삼겹살무침"을 올린다.

맛있는 김치가 있어서 다행이다.

서서 만들고 먹기까지 삼십 분쯤 걸렸을 것이다. 평화로운 집 안의 정적이 낯설기 짝이 없다. 퍼뜩 먹고 도망치듯 집을 나섰다. 아직은 정적이 두렵다. 깜짝 놀라게 할 소리가 튀어나올 것 같아.

간신히 브로콜리 크림수프

참 좋은 간병인을 구한 것 같다. 며칠 되지 않았지만 얼마나 믿음직한지 모른다. 참 고마운 인연이다. 숨막힐 것 같은 하루하루를 잘 헤쳐나가게 해준다.

아내가 오늘은 아무것도 먹지 못하고 토하기만 한다. 온몸이 아프다는데 진통제도 조금밖에 도움이 안 된다. 큰 통증이 왔다 갔다 한다. 정신이 온전한 상태로 지내고 싶으니 방법이 없다. 호스피스 병동이 아니라 집에서 죽게 해달라고 부탁했다. 소원대로 해주려 한다. 그런 환자를 붙잡고 원하는 대로 다 해준다. 고통을 못 이겨 울면 함께 울면서.

아내가 이제는 차가 필요하지 않은 게 분명하니 팔아버리라고 했다. 운전할 수 없게 된 지가 벌써 일 년은 넘었을 것이다. 그래도 미련이 있어서 그대로 두었다. 중고매장 사이트에 올렸더니 많은 딜러가 연락해왔다.

한 딜러가 왔기에 자동차 열쇠를 주고 다 점검해보고 가격만 알려달라고 했다. 그동안 자전거를 타고 필요한 물건을 사러 동네가게에 다녀왔다. 그사이에 집에 있는 간병인한테서 전화가 왔다. 아무것도 먹을 수가 없으니 미음이라도 끓여야 하겠는데 흰쌀이 어디 있느냐는 것이다.

일단 알려주고 수프를 하나 샀다. 양송이 크림수프, 단호박 크림수프, 브로콜리 크림수프가 있었다. 뭘 먹을지 모르니 하나씩 샀다. 마음이 급했다. 딜러와 빨리 이야기를 마무리하고 올라가야 한다.

마음이 급해서 말을 '무례하게' 했나 보다. 젊은 딜러가 화를 낸다. 정리하면 이런 이야기였다.

첫째, 왜 나를 아저씨라고 부릅니까? "그럼 뭐라고 불러야 합니까?" 딜러님이라고 하시면 좋지요. "미안합니다. 몰랐어요."

둘째, 내가 차 값을 정한 이유에 대해서 듣지 않고 무작정 가격만 물어보는 것은 예의가 아닙니다. "미안합니다. 좀 급한 사정이 있어서요."

셋째, 다음부터는 그러시지 마십시오. "예, 그런데 빨리 말해주시면 안 되겠습니까? 아내가 중병환자인데 먹을 걸 빨리 가져다 줘야 합니다." 그러자 가격을 말해주었다.

그렇게 긴 시간은 아니었을 텐데 한참 훈계를 들은 것 같다. 멀리서 차를 보러 온 사람이니 내가 예의를 갖춰야 한다. 미안하다는 말을 몇 번이나 하고 집으로 올라와 브로콜리 크림수프를 데워 주었다. 그나마 조금 먹었다. 토하지 않고. 가슴을 쓸어내렸다.

내 방으로 돌아와 밀린 일을 했다. 그러면서도 딜러님의 호통이 잊히지 않았다. 좋은 현상이라는 생각도 들었다. 젊은이가 부당한 대우를 받으면 당연히 항의를 해야 한다. 그런 기개가 있어야 한다.

그런데 그 딜러님에게 차를 팔 마음은 전혀 생기질 않는다. 사겠다는 가격이 너무 낮았기 때문이다. 그냥 팔지 말까 싶은 마음이 들 만큼. 거의 의미 없는 액수였다. 그런 생각을 하는데 그 딜러님에게서 문자가 왔다.

“잘 결정하셔서 빨리 연락주세요.”

얼른 문자로 대답했다.

“예. 팔지 않기로 했습니다. 미안합니다.”

내가 생각해도 미안한 짓을 했다. 내 사정을 아는 사람들이야 이해해주겠지만. 젊은 딜러님이 알 턱이 없다.

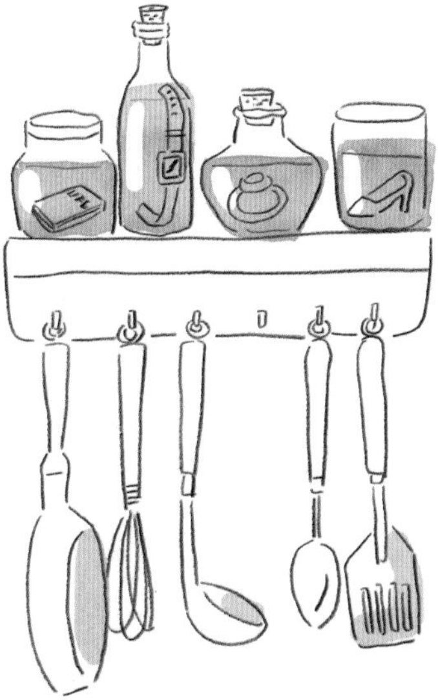

기다려야 했다. 이틀 정도. 중국식재료 가게에 누룽지를 주문하고. 누룽지가 도착했을 때에는 아내가 아무것도 먹지 못했다. 먹기만 하면 토하다가 수프를 조금 넘겼다.

다시 이틀 정도가 지났다. 아침에 일어나 양송이를 사러 나갔다. 양송이 크림수프를 해주려고. 돌아오는데 전화가 왔다. 중국 누룽지가 왔느냐고 물었다. 오늘은 누룽지탕을 먹을 수 있을 것 같다며.

퍼뜩 들어와서 준비를 시작했다. 재료는 누룽지가 도착한 바로 그날 다 사두었으니.

누룽지탕은 '조금' 복잡하다. 간단하게 요약하면 이렇다.

누룽지탕의 핵심은 누룽지다. 찹쌀로 만든 중국식 누룽지를 사서 기름에 잘 튀겨내면 된다. (물론 찹쌀 누룽지를 집에서 만들 수도 있긴 하다!) 그 누룽지에 '탕'을 끼얹어 내놓는다. 탕은 채소와 해물을 넣고 볶다가 전분 물을 붓고 끓인다. 거꾸로 생각해도 된다. 튀긴 누룽지를 탕에 넣어 먹는다고 해도 마찬가지.

만드는 순서는 이렇다.

① 누룽지를 뜨거운 기름에 튀겨둔다. ② 채소를 준비한다. 이때 청경채와 브로콜리를 데쳐서 썰어둔다. ③ 해물을 준비한다. ④ 전분 물을 넉넉히 만들어둔다. 이때 청경채 데친 물을 쓴다.

작은 냄비에 누룽지가 푹 잠길 정도로 기름을 붓고 끓인다. 가능하면 적게. 대개는 한 번 쓰고 버리게 되기 십상이기 때문이다. 조심해야 할 것은 끓는 기름에 물이 튀지 않도록. 튀었다 하면 난리블루스가 난다.

기름 온도가 상당히 올라간 것으로 보이면 누룽지 조각을 떼어내어 던져넣어본다. 퍼뜩 올라오면 충분히 뜨거운 것이다. 투명한 회색인 누룽지를 넣으면 곧바로 부풀어오르면서 하얀색으로 변한다. 그때 얼른 꺼내야 한다. 금방이다. 오래 두면 타버린다.

채소는 청경채와 브로콜리, 표고버섯 정도면 충분하다. 아쉬우면 당근이나 파프리카를 좀 썰어 넣거나. 해물은 오징어와 새우, 해삼을 넣었다.

청경채와 브로콜리는 데쳐두는 게 좋다. 냄비에 물을 안치고 소금을 조금 넣고 기름도 두 방울 정도 넣고 끓인다. 바글바글 끓으면 청경채와 브로콜리를 넣고 뚜껑을 닫고 이 분 정도 기다린다. 청경채와 브로콜리를 꺼내서 냄비에 받쳐둔다. 물기가 빠지고 식으면 적당한 크기로 잘라둔다.

해물 준비도 시간이 조금 걸린다. 얼려두었던 오징어와 해삼을 해동시켜야 하고, 오징어는 껍질을 벗기고(내가 먹을 거면 귀찮아서 하지 않을 것 같다), 해삼은 배를 갈라 내장을 뺀다. 오징어 살에 칼집을 내주고, 해삼은 좀 크게 썰어둔다. 냉동 새우는 물에 담가놓았다가 녹으면 물이 빠지게 망에 받쳐둔다.

누룽지탕은 물을 많이 붓는 편이다. 아까 청경채와 브로콜리를 데쳐낸 물에 좀더 넉넉히 물을 붓고 전분을 적당히 풀어둔다.

중국 음식은 시작이 늘 비슷하다. 대여섯 개의 마늘과 작은 생강 조각 하나를 편으로 썰고, 대파와 청양고추 하나를 쫑쫑 썰어둔다. 이것들을 프라이팬에 넣고 기름을 두른 다음 약한 불에 볶는다. 이때 미리 굴소스와 올리고당을 조금 넣어 섞는다.

준비한 채소를 먼저 넣고 센 불로 볶기 시작한다. 거기에 해물을 더해서 볶는다. 해물을 넣을 때 맛술을 조금 넣는다. 청주, 소주도 괜찮다. 술을 조금 넣으면 뜻하지 않은 냄새를 잡을 수 있다. 오징어가 몸을 배배 꼬기 시작하면 전분 물을 붓고 끓인다. 한 삼 분쯤? 오 분쯤? 지켜보면 '다 되었다'는 느낌이 온다.

그릇에 탕을 넉넉히 담고 아까 튀겨둔 누룽지를 하나나 둘 넣어 탕을 충분히 빨아들이게 해서 먹으면 된다.

요리를 만들어보면 언제나 재료를 지나치게 많이 준비한다. 이것도 조금, 저것도 조금…… 다 조금씩만 넣는데도 결국 아주 많아진다. 한 사람이 먹을 음식을 만들어서 그런 건지도 모르겠다. 결국 두세 사람이 먹을 정도의 양을 만든다.

오늘도 그랬다. 아내와 간병인, 나도 먹었다. 다들 깨끗하게 비워냈다. 아들은 일찍 출근해야 해서 맛도 보지 못했고. 그러고도 재료가 남았다. 그것들은 볶음밥이나 비빔밥의 재료가 될 운명이다.

향기로운 된장국과 목이해삼볶음

지난해 이때쯤에는 날마다 산을 올랐다. '날마다 등산'은 삼월 초에 결심했고 한 달 반 정도는 하루도 빠지지 않았다. 등산이 병을 낫게 해줄지 모른다는 생각으로. 해발 470미터나 되는 마니산을 날마다 올랐다.

산에 익숙지 않은 나는 오르는 길이 말도 못하게 고통스러웠다. 오르막 앞에 서면 아랫배가 먼저 아팠다. 긴장하면 나오지도 않을 오줌이 마렵듯 몸은 마음과 달리 두려웠던 모양이다. 다리가 끊어지는 고통을 참으며 오르다 보면 어느새 아픈 배는 사라졌다. 땀은 비오듯 흐르고.

아내도 배가 아팠지만 이유는 달랐다. 걷는 것 자체가 고통스러웠으니. 그 괴로움을 참고 정상까지 가면 말도 못하게 감격스러웠다. 정상에 서는 일은 두려웠다. 고소공포증과 비슷한 것이 아니었을까.

탁 트인 높은 공간에 서면 감격과 함께 공포가 몰려왔다. 병이 나을 수 있을까 하는 기대와 알 수 없는 결말에 대한 불안감도 짝을 이뤄 뒤섞였다. 산을 내려올 때는 얼마나 행복했는지 모른다. 산을 오르며 흘린 땀과 고통만큼 병이 나을 것 같았다.

지금은 꿈도 꾸지 못하는 일이다.

오늘은 간병인이 쉰다. 아침에 일어나니 아내가 거실에 앉아 텔레비전을 보고 있었다. 깜짝 놀랐다.

"괜찮아?"

"괜찮아."

웃기까지 한다.

참 암이라는 병은 알다가도 모르겠다. 말도 못하는 통증이 되풀이되고 마약성 진통제로 겨우 버티는 날이 계속되다가도 어느 날엔가 하늘을 뒤덮고 있던 검은 구름이 싹 다 걷힌다. 이런 날이 점점 줄어드는 것 같지만.

먼저 딸기 주스를 만들어주었다. 전에 누군가 그랬다. 딸기 주스는 언제나 옳다. 만들면서 나도 두 개 먹었다. 지금까지 이래본 적이 거의 없다. 제대로 먹지 못하는 사람을 위해 무엇인가를 만들면서 내 입에 뭘 넣고 싶었던 적이 없었다.

"밥 먹을 때가 되었는데 뭘로 해줄까?"

"가볍고 맑게 끓인 봄 된장국하고 밥."

밥을 먹을 수 있겠다고 한다. 죽이 아니라.

"반찬은?"

"목이해삼볶음. 마늘 많이 넣고."

된장국을 가볍게 끓이기 위해서는 우선 '가벼운 된장'과 쑥이 있어야 한다. 지금 집에서 오 년 이상 숙성된 '무거운 된장'밖에 없다. 깊은 맛이 나는 것들이다. 된장을 사야 했다. 가는 길에 떨어진 것들도 채우고.

집 앞에 있는 초록마을에 갔더니 욕심나는 원플러스원 행사를 하고 있었다. 이만오천 원 정도 하는 종합 견과를 하나 값에 두 개를 준다! 그걸 사고 보니 부피가 너무 커졌다. 그쪽에서 배달을 해주겠다고 먼저 나섰다. 금방 보내줄 것이라 해서 맡기고 왔다.

기다리는 동안 국물멸치와 대파뿌리, 건표고, 다시마를 넣고 국물을 만들었다. 양파를 나박하게 썰고 청양고추를 다져놓고. 얼려둔 해삼을 해동하고 목이버섯은 물에 불리고. 그래도 배달되지 않았다.

책상 앞에서 눈에 들어오지도 않는 책을 보며 한 시간은 기다렸을 것이다. 아무래도 이상해서 전화를 했다. 현관문 앞에 두고 초인종도 눌렀다고 한다. 아무것도 없었다. 곧 다시 전화가 왔다. 옆집 앞에 두고 갔단다. 찾았다.

서둘렀다. 만들어둔 국물에 양파, 감자, 애호박, 두부, 청양고추를 넣고 끓였다. 웬만큼 익었다 싶을 때 쑥도 넣고 된장도 넣었다. 국물이 그리 탁하지 않을 정도로. 그러고는 한소끔만 더 끓이고 불을 껐다. 냄비 뚜껑을 닫아두고. 향기로운 된장국을 끓일 때는 된장을 나중에 풀어야 한다. 오래 끓이지도 말고.

다음은 목이해삼볶음을 할 차례다. 약한 불에 프라이팬을 올리고 먼저 준비해둔 해삼과 목이버섯을 볶았다. 이때는 기름 대신 청주를 조금 붓고. 해삼과 목이를 익히면서 뜻밖의 냄새도 잡으려는 것이다.

물기가 사라질 때쯤 기름을 친다. 거기에 편으로 썰어둔 마늘을 많이 넣고 쫑쫑 썬 대파도 많이 넣고, 굴소스로 약하게 간도 하고. '여전히 약한 불'로 볶는다. 마늘과 파가 타지 않도록.

김치 냉장고에서 잘 익은 김치를 꺼내고, 오이소박이도 찬그릇에 담아냈다. 백김치와 함께. 건강한 사람을 위한 밥상처럼 차렸다. 아내는 아주 맛있게 먹었다. 조금 탄 마늘은 골라냈지만.

나는 배가 불러서 한참 동안 아무것도 먹을 수 없었다.

계란탕 두 그릇

긴장이 풀리면서 온몸이 아프기 시작했다. 강의가 많아서 쉬지도 못하고. 몸이 힘들면 맨 먼저 소화가 안 된다. 며칠을 고생하다가 침을 맞았다. 침을 맞으니 온몸이 늘어졌다. 속절없이 잠이 들었다. 해야 할 일 때문에 불안한 마음을 안고.

소화 문제가 해결될 쯤부터는 이가 아프기 시작했다. 치과에 갔더니 치료 계획을 세워야 할 만큼 상태가 좋지 않다고 했다. 첫날은 스케일링을 하고 충치를 치료했다. 스케일링을 하고 나면 몸이 힘들다는 말을 어디선가 들었는데……

주말에는 앓아누웠다. 온몸이 아프고 진땀이 났다. 하루종일 자다 깨다 하면서 진땀을 많이도 흘렸다. 쌍화탕을 먹어서인지, 타이레놀을 먹어서인지, 몸이 요구해서인지 잠이 들긴 했다. 환청이 들려서 깨고는 했다. 누군가 나를 불렀던 것이다. 누워 있을 때가 아니라는 불안한 마음이 내지르는 소리였을 것이다. 눈을 뜨고 돌아보면 집안은 고요했다. 방문은 닫혀 있고.

밤에 뭘 좀 먹을까 하고 거실로 나갔다. 오늘은 아내 상태가 좋아 보였다. 간병인이 하루 상태를 메모해놓은 것을 보니 그리 나쁘지는 않다. 물어보니 힘들었던 모양이다. "날씨가 좋았는데 나가서 걷지 못했다"고 했다. 요즘은 지독한 통증을 견디며 간병인과 나가서 걷고 오는 날도 있다. 어쨌든 마약성 진통제로 하루하루를 견디는데 괜찮을 리가 있겠는가.

아내에게 먹고 싶은 것은 없느냐고 물었다. 생각해두었다는 듯이 계란탕을 해달라고 했다.

얼마 전 자동차 수리하러 가서 기다리는 동안 텔레비전에서 계란탕 만드는 것을 보았다. 재료만 준비되어 있으면 어려울 게 없다. 움직이는 내 모습이 힘들어 보였던 모양이다. 아내는 그냥 들어가서 쉬고 다음에 해달라고 했다. 나도 저녁을 먹어야 하니 금방 해서 같이 먹자고 했다.

전과 달라진 것이 있다면 일머리가 아닌가 싶다. 전에는 서둘러 냄비와 프라이팬부터 올리고 불을 켰다. 라면 끓이던 습관이었을 것이다. 지금은 머릿속에서 일순서가 잡히고 재료 양도 꽤 가늠이 된다.

준비에 시간 걸리는 건 재료부터 꺼내서 물에 담그고, 해동시킬 건 시키고, 냉장고에서 필요한 재료를 '적당한 양'만큼만 꺼낸다. 재료가 다 준비된 다음에 용도에 적당한 냄비 또는 프라이팬을 고른다.

계란탕에 들어갈 육수부터 만들었다. 냄비에 물을 붓고 다시마, 대파뿌리, 고추씨, 말린 표고를 넣고 불을 켰다. 끓는 동안 다진 소고기와 해삼은 해동을 시작하고, 채소를 준비했다. 양파 반 개, 당근 반 개, 표고 한 개, 청양고추 반 개, 빨간 고추 반 개. 모두 채썰기를 해서 그릇에 옮겨 담아두었다.

깨끗해진 도마 위에서 대파를 쫑쫑 썰었다. 다 준비되었나? 세 가지가 더 남았다. 게맛살을 손으로 가늘게 찢어 풀어두고, 달걀 세 개를 풀어 저어두고, 전분 한 숟갈을 물에 녹여두었다.

이제 시작하면 금방이다. 프라이팬을 꺼내 기름을 두르고 대파를 넣고 파기름을 만든다. 약한 불로. 웬만큼 섞이고 나면 다진 소고기와 해삼을 넣고 볶는다. 이때부터는 센 불로. 웬만큼 볶아지고 나면 채소를 한꺼번에 '때려넣는다'. 이때 굴소스 두 순갈, 유기농 진간장 두 순갈 정도로 간을 한다.

다들 알다시피 양파 색이 변할 때쯤 그만 볶아도 된다. 거기에 마련해둔 육수를 넉넉하게 붓고 센 불로 끓인다. 그러다가 전분물로 농도를 맞춰준다. 다시 팔팔 끓으면 준비해둔 게맛살을 넣고 조금 있다가 불을 끈다. 그 상태에서 달걀 풀어둔 것을 조금씩 둘러가며 넣고 젓는다.

다 되었다.

그릇에 담고 그 위에 후추와 참기름을 뿌린다. 또는 고추기름을 뿌린다. 고추기름 만드는 것은 간단하다. 기름을 끓여서 고추를 담은 그릇에 붓고 잠깐 저어주면 된다. 두 가지가 맛과 느낌이 다르다. 아무것도 뿌리지 않으면 너무 심심하다.

아내에게 가져다줄 때는 늘 얼굴을 살핀다.

"맛있어." 그러면서 얼굴이 펴지면 나도 안심한다. 아내는 산초도 좀 쳐서 먹고 싶다고 했다. 산초 갈아둔 병을 가져다주었다.

"고추기름 친 것도 맛 좀 볼래?"

"응." 배가 고팠던 모양이다. 마음에 드는 것이 없으면 잘 먹지 못한다.

나도 다른 계란탕을 한 그릇씩, 두 그릇 먹었다.

북엇국 두 그릇

추위에 떨다 보면 따뜻한 국물이 먹고 싶다. 오늘 그랬나 보다. 늦게 산책을 나섰다가 들어올 때쯤 해가 졌고, 한참 찬바람을 맞았다. 뽀얀 국물이 뜨겁고 시원한 북엇국을 먹고 싶다고 했다.

북엇국은 쉽고 간단하다.

부엌에 들어서면 육수부터 올린다. 멸치 조금, 디포리 두 마리쯤, 건홍새우 조금, 마늘 두 쪽, 고추씨 조금, 건표고 조금, 이렇게 넣고 십 분쯤 끓인다. 그러고 나서 다시마 조각을 너댓 개 넣고 오 분쯤 더 끓인다. 건더기는 다 걸러낸다.

그사이에 채소를 준비한다. 무를 씻어서 나박하게 썰어두고, 청양고추 하나와 대파를 잘게 썰어놓고, 두부를 작은 크기로 깍둑썰기해둔다. 마지막으로 달걀 하나를 풀어 저어둔다.

황태는 한 마리면 충분하다. 반으로 접어서(이때 조심해야 한다. 황태에게 찔려서 피를 보기도 하니까) 물에 잠깐 담가둔다. 일 분쯤이면 충분할 것이다. 황태는 금방 불어서 나긋나긋해진다.

불린 황태를 흐르는 물에 씻은 다음(이때도 조심), 가위로 지느러미나 꼬리를 손질하고 역시 가위로 한입 크기로 자른다.

이렇게 준비되었다면 금방 만들 수 있다.

무쇠 냄비나 스테인리스 냄비를 쓰는 게 좋다. 기름을 두르고(참기름이나 들기름 또는 둘을 적당히 섞어도 된다), 마늘을 조금 푼 다음 손질해서 잘라둔 황태를 볶는다. 이때 소금으로 가볍게 밑간을 해두면 황태 살이 좀더 맛있다.

여기에 준비해둔 육수를 붓고, 나박하게 썰어둔 무를 넣고 끓

인다. 국물이 뽀얗게 우러나면 청양고추와 두부를 넣고 한소끔 더 끓인다. 이때 국간장과 액젓으로 간을 하면 되는데 조금 싱겁게 해도 맛나다. '청양고추'의 매운맛 덕분이다. 마지막으로 대파를 넣고 잠깐 끓인 다음 달걀을 두르면 된다.

국그릇을 전자레인지에 넣고 일 분쯤 데운 다음 뜨거운 국을 담아 주었다. 입맛이 없어 밥상에서 늘 제사 지내던 사람이 맛있게 먹었다. 두 그릇씩이나.

실패한 아귀찜, 보험의 효과

지금까지 레시피는 대개 처음 만들어보고 쓴 것들이다. 기억하고 반성하기 위해. 그래도 대개는 꽤 성공적이었다. 아귀찜은 아무래도 실패에 가깝다.

아귀찜 조리법을 검토해본 결과 다음과 같았다. ① 육수를 만들고, 거기에 ② 아귀를 퍼뜩 삶아내고, ③ 웍으로 옮겨간다. 삶아낸 아귀를 넣고, 육수는 자작하게 붓고, ④ 머리 뗀 콩나물을 넣고 ⑤ 양념에 버무려서 잘 쪄내면 된다. 간단하다.

조금 더 설명하자면 콩나물을 넣고 양념해서 찔 때 찹쌀가루 물을 만들어 넣는다. 다른 채소, 말하자면 양파나 쑥갓, 미나리 같은 것은 부차적인 것이다. 다른 해물을 섞어도 좋다. 미더덕도 좋지만 새우나 굴 같은 것도 괜찮다. 넣어도 조금 넣을 것이니까.

중요한 것은 콩나물과 양념이다. 오동통한 콩나물을 쓰는 게 좋고(유기농은 그런 게 없다), 양념은 대충 이런 비율로 만든다. 고춧가루 5큰술, 국간장 1큰술, 굴소스 1큰술, 다진 마늘 2큰술, 다진파 1큰술, 청주 2큰술(맛술과 섞어도 좋다), 올리고당 1큰술, 생강즙 1큰술.

여기에서 중요한 것은 고춧가루다. 매운맛과 보통맛이 있다. 내 경험으로는 매운맛과 보통맛을 1대2 정도로 섞어 쓰는 게 좋았다. 다 만들어지고 나면 식성에 따라서 들깻가루와 참기름을 쳐서 먹어도 좋다.

실패한 이유는 우선 오동통한 콩나물이 아니었고, 너무 오래 쪘다. 아삭아삭하게 씹는 맛이 사라지고 질겼다. 매운 고춧가루가 없어서 좀 덜큰해져버렸다. 생강즙이 없으면 생강이라도 다져 넣었으면 될 텐데 그걸 깜빡했다. 다진 마늘이라도 좀더 넣었으면 나았을 텐데…… 청양고추를 다져 넣는 것으로 매운맛의 간지를 좀더 낼 수도 있었을 텐데……

마지막 실수는 거의 다 되어갈 때쯤에 했다. 요즘은 맛을 보지 않고 만들어서 그대로 차려 내놓는다. 이번에는 아무래도 켕겨서 맛을 보았다. 맛이 너무 거칠었다. 깜짝 놀라서 올리고당을 좀더 넣었다. 아마도 좀 많이 넣었던 모양이다. 다시 놀라서 고춧가루를 더 넣었다. 좀 나았다.

어쨌거나 조금은 어색한 분위기 속에서 '나름대로 맛있다'고 결론을 내렸고 조용히 먹었다. 남김없이 다 먹긴 했다. 밥도 한 그릇 싹싹 비웠고.

아주 좋은 고춧가루를 쓰면 웬만큼은 맛이 난다. 아마 그 덕분이었을 것이다. 좋은 양념은 서툰 요리사에게 보험 같은 것이다. 예를 들어 과카몰리를 만들 때 8년 숙성된 발사믹을 쓰면 맛없게 만들기가 훨씬 어렵다.

오랫동안 내가 쓴 레시피를 읽고 격려해주시던 '아마도 주부 백단'이신 한 분이 맛내는 비법을 알려주셨다.

찜을 맛있게 하려면 아귀를 마늘 생강 술 후추를 사용해서 조금 짭짤하다 싶을 정도로 잠깐 밑간했다가 사용할 것, 아귀의 애를 으깬 두부와 섞어 넣을 것(애의 비린내를 제거하기 위해서. 이

때도 마늘, 생강, 후추, 청주를 넣어야 함), 양념을 미리 만들어 사흘 정도 숙성시켰다가 쓸 것(최소한 하룻밤이라도), 콩나물은 미리 데쳐두었다가 센 불에 그냥 버무려낸다는 느낌으로 할 것, 아귀를 삶고 나서는 잠깐이라도(30분 정도) 냉동실에 넣었다가 꺼내면 살이 랍스터만큼 맛있다는 것 등이다.

늦었다. 지금 일어나 준비하고 나서면 두시는 되어야 도착할 것이다. 일단 문자부터 보냈다.

이제 일어났어. 미안해. 빨리 준비해서 나갈게.

세수하러 들어갔다 나오니 스마트폰에 초록색 불이 깜박이고 있었다.

괜찮을 거예요, 천천히 조심해서 오세요.

아들의 말이 참 다정하다. 머리를 말렸다. 이놈의 드라이기 새로 하나 사야지 원. 너무 오래되었다. 시끄럽고 뜨겁기만 하고 바람은 신통치 않다. 안 드는 칼이 손가락 자른다더니 귀가 너무 뜨겁다. 이런 생각을 한 지가 언젠지 모른다. 왜 나에게 필요한 물건은 잘 사지 않는 걸까?

베란다로 나갔다. 엊그제 세탁한 전기장판과 오늘 입을 티셔츠를 걷었다. 앵두나무에 앵두가 잔뜩 열려 있다. 따줘야 할 텐데. 마음은 그랬지만 못 본 척했다.

전기장판을 어디에 넣어 간다? 종이가방만 따로 모아놓은 데 가보았지만 적당한 게 없었다. 드레스 룸에 가보았다. 예쁜 보자기라도 있으면 싸갈까 하고. 뜻밖에 예쁘고 큰 종이가방이 있었다. 전기장판을 접어 넣었다. 걷어놓은 빨래 가운데에서 숄은 챙겨 넣고, 반바지는 입었다.

이박삼일 병원에서 지내야 한다. 며칠 먹을 약과 노트북, 그리고 책을 챙겼다. 요즘은 전자책이 있어서 종이책은 두어 권만 있으면 된다. 가방이 한결 가볍다. 아이러니하게도 그래서 책이 무겁다는 것을 더 잘 느낀다. 한 권만 들어가도 가방은 무겁다.

차를 타고는 준비를 시작했다. 요즘은 운전하면서 전자책을 듣는 게 무척 즐겁다. 오늘은 어떤 책을 들을까? 스마트폰을 켜고 목록을 뒤적이다가 그만두었다. 오늘은 그냥 쉬자. 느긋하게 운전하고. 토요일 오후 한시면 가는 길도 뻥 뚫려 있을 것이다.

웬걸, 행주대교에 들어서는데 밀린다. 일차선으로 들어가보았다. 역시 잘 빠진다. 자유로에 들어서자 차창에 비꽃이 피기 시작했다. 가을국화만한 비꽃이 터지는데 천둥소리가 났다. 비님의 수다를 무심하게 들으며 병원에 닿았다.

주차장도 한산했다. 엘리베이터 단추를 누르는데 문득 책을 잘못 챙겨왔다는 걸 깨달았다. 다음주 강의 주제는 과학이 아니라 철학이다. 가져온 책은 몽땅 과학책…… 전자책이 있으니 괜찮을 것이다, 다 괜찮을 것이다……

당신은 당신이 마시는 주스

오랜만에 주스를 만들었다. 방법은 좀 달랐지만. 전에는 휴롬으로 만든 주스를 그대로 마셨다. 이제는 그것도 안 된다. 다시 꽤 여러 번 걸러내야 한다. 아주 작은 건더기조차 있어서는 안 된다. 그러고도 다시 한참 두어서 아주 작은 가루까지 가라앉은 다음에야 조금 입을 축일 수 있다.

한 달쯤 지났을 것이다. 물도 마시지 못한 게. 그나마 이것으로 입을 축여도 좋다는 허락을 받은 게 얼마나 다행인지 모른다. 내가 만들어줄 수 있게 되었으니. 또다시 하게 될지는 알 수 없지만.

수박, 사과, 토마토, 망고, 포도 주스…… 주스마다 걸러내는 횟수가 조금 다르다. 몇 번인지는 잘 모르겠다. 촘촘한 망에 부어서 건더기가 나오지 않을 때까지 거른다.

휴롬으로 만든 주스를 촘촘한 망으로 걸러내면 처음에는 건더기들 때문에 조금씩밖에 거를 수가 없다. 건더기가 구멍을 막으면 털어내고, 물로 씻고, 탈탈 털고 다시 거른다.

이 거름질도 처음에는 마음 편하게 할 수 없었다. 주스만큼이나 되는 양의 건더기를 쉽게 버리지 못했다. 한 번 넘은 문지방은 쉽다더니 한두 번 탈탈 털기 시작하면서 무심하게 버릴 수 있었다.

이상하다는 생각도 든다. 이렇게 촘촘한 망으로 걸러내는데 대여섯 번을 걸러낸 뒤에도 여전히 건더기가 걸리다니. 크기가 점점 작아지기는 하지만.

한참 만들어도 작은 유리잔으로 두어 잔 정도 나온다. 이제는 그것도 일주일씩이나 걸려 겨우 마시지만.

이렇게 걸러가며 주스를 만들면 설거지통에 담겨 있던 맑은 물의 색깔이 변한다. 망고 주스를 만들면 노랑 기가 돌다가 포도 주스를 만들면 붉은 기가 돈다. 색깔 번지는 모습은 즐겁다. 신기하다. 지금 이런 게 다 보이다니.

주스를 다 만들고 마음이 언짢다. 담아서 가져다줄 예쁜 병이 없다. 온 집 안을 뒤져 보았지만 없다. 어쩔 수 없이 미운 병에 담았다.

내일은 집에서 좀 일찍 나서서 꼭 사야겠다. 이놈의 건망증…… 스마트폰을 찾으러 다녔다. 도대체 어디 있는지…… 겨우 찾아서 메모를 했다.

'작고 예쁜 유리병 세 개.'

그 글자들 위로 아내의 얼굴이 겹친다. 망고 주스를 마실 때 눈가를 스쳐지나가던 순간적인 희열과 반짝임…… 얼마 만인가, 고개를 들고 애기처럼 웃었다. 바로 이 맛이야. 살 것 같아.

이 기억도 세월과 함께 바래겠지. 지금 이 아픔과 함께.

이러라고 그런 거였어?

아주 쉬운 양푼이 비빔밥

벌써 한 달쯤 되었을 것이다. 밥을 먹고 나면 소화제를 한 알 먹어야 했다. 그러고 나면 답답한 가슴이 조금 가라앉았다. 그러더니 며칠 전부터는 소용이 없었다. 하루에 한 끼를 먹고 소화제는 세 번을 먹었다. 그래도 편치 않았다. 두려웠다. 해마다 여름이면 소화 장애가 온다. 그러면 얼마나 고생을 하는지. 한 달 넘게 아무것도 할 수 없다. 지금은 그러면 안 된다. 내 손길을 기다리는 사람이 있다.

어제 의사를 만난 김에 하소연을 했다. 내 사정을 잘 아는 그이는 지금 당신 입장이라면 소화가 잘 되는 게 오히려 이상한 거니까 너무 마음 쓰지 말라고 했다. 그러면서 요즘 밥은 잘 먹느냐고 물었다. 순간 눈물이 쏟아질 뻔했다. 퍼뜩 심호흡을 하고 하루에 한 끼나 두 끼 먹는다고 했다. 뭘 먹느냐고 묻기에 장황하게 대답했다.

비빔밥을 해먹었어요. 간단하니까요. 반찬가게에서 나물을 종류별로 다 사 옵니다. 일고여덟 가지쯤 되죠. 집에 있는 전기밥솥이 고장이 나서 햇반을 사서 먹어요. AS센터에 연락하면 금방 와서 고쳐줄 텐데, 그걸 못하고 있어요. 답답한 일이죠. 오늘은 연락을 해야겠어요. 아무튼 밥에 나물을 두 배쯤 넣어 비빕니다. 참기름과 들기름을 듬뿍 붓고 비빔용 고추장도 조금 넣지요. 큰 그릇에 담아서 비닐장갑을 끼고 손으로 조물조물. 양푼이 비빔밥 같은 거죠. 물론 달걀 프라이도 하나 해서 얹어요. 어제는 아들이 사준 돼지고기를 조금 구워서 함께 먹었어요. 쌈 채소를 씻어서 곁들였고요. 하하, 설명이 길어서 뭘 많이 먹은 것 같지만 양은 얼마 안 됩니다. 비빌 때 흘리지 않으려고 큰 그릇을 쓰는 것일 뿐이에요.

잘하고 계시네요.

말없이 한참 조용히 들어주던 의사가 웃으며 말했다.

별일 아닙니다. 가볍게 약을 지어줄 테니 일주일만 드셔보세요.

가볍게 일주일? 들을 때는 별것 아닌 느낌이었는데 약국에서 약을 받으면서 절대 가볍지 않다는 것을 알았다. 약값도 꽤 나왔고, 양도 많았다. 젊은 의사인데 참 듣기 좋게 말을 한다. 올해에는 좋은 의사와 간호사를 여럿 만났다. 그들 덕분에 양의학에 대한 생각도 많이 달라졌다. 내가 죽기 전에 이 병원에 뭔가 해주어야지. 그런 마음이 든다.

약을 먹기 시작한 것은 어젯밤이었다. 오늘 아침에는 다시 빵 한 조각과 커피도 마실 수 있었다. 조금 두려웠지만 괜찮을 것 같았다. 정말 괜찮았다. 오후에는 다시 양푼이 비빔밥을 만들어 먹었고. 의사가 하라는 대로 약도 다 잘 챙겨 먹었다. 속이 편안하다. 바닥 모를 슬픔은 깊어만 가는데.

갈비탕과 달걀지단

장례 절차를 다 마치고 집으로 돌아오던 날이었다. 아내의 옷가지며 짐들을 정리해 버리는 게 좋지 않겠느냐면서 처제들이 따라왔다. 맛있는 음식을 만들어주고 싶었다. 뭘 먹고 싶으냐고 물었다. 아들이 아빠가 너무 피곤해 보인다고 말하자 약속한 듯이 처제들도 사 먹자며 합창했다.

그날 아들은 갈비탕을 시켰다. 음식이 나오기를 기다리며 이야기를 나누었다. 호스피스 병동에서 지낼 때 이야기가 나왔다. 이야기를 하는데 눈물이 쏟아졌다. 처음에는 괜찮았는데……

음식이 나오고 다들 말없이 먹기 시작했다. 얼마 먹지도 않았는데 아들은 숟가락을 내려놓았다. 심하게 체한 것 같다고 했다. 나는 퍼뜩 일어나 뛰어가서 소화제를 사 왔다. 다들 거의 먹지 못했다.

엊그제 그 생각이 떠올랐다. 아들은 집에 들어와도 뭘 잘 먹지 않는다. 잘해야 치킨을 시켜 먹는 정도. 갈비탕을 해놓으면 먹지 않을까. 좋은 한우갈비를 좀 샀다(생각보다 무척 비쌌다). 갈비탕은 시간이 걸려서 그렇지 만드는 방법은 간단하다.

우선 갈비를 장만해야 한다. 갈비는 서너 시간 물에 담가 핏물을 뺀다. 그냥 담가놓기보다는 두세 번 물을 갈아주는 것이 좋다. 그런 다음 끓는 물에 삼사 분쯤 넣었다가 꺼낸다. 이때 물은 버리고 갈비는 깨끗하게 씻는다. 여기까지가 갈비 장만하기이다.

비교적 큰 냄비에 물을 넉넉히 붓고 갈비를 넣는다. 거기에 대파 한 뿌리, 통마늘 넉넉히, 생강 한 조각, 양파 하나, 청양고추 하

나를 넣고 한 시간 반쯤 곤다. 다 고고 나면 대파, 통마늘, 생강, 양파, 청양고추는 다 건져내 버린다. 그리고 불순물처럼 뜨는 것들과 기름을 걷어낸다. 좋은 갈비를 사면 불순물과 기름이 그리 많지 않다.

갈비가 담긴 말간 국물에 무를 나박나박 썰어 넣고 말린 대추도 좀 넣고 다시 삼십 분쯤 끓인다. 그런 다음 조금 맛이 날 정도로 국간장으로 간을 한다. 먹을 때 입맛에 따라 다진 마늘을 넣고 대파 잘게 썬 것도 넣고, 소금을 더 치면 된다.

이제 달걀지단 부칠 차례다. 얇게 부칠수록(?) 지단은 맛있다. 글쎄, 맛이라고 해야 할지…… 어쨌든 좀 오묘한 데가 있다. 그러니까 프라이팬 위에 달걀을 얇게 펴는 기술, 그 얇은 한 판을 찢지 않고 잘 뒤집는 기술이 필요하다. 물론 프라이팬이 좋아야 한다. 안 그러면 달라붙어버리니까. 그러면 모양은 날아간다.

다섯 가지만 지키면 생각보다 쉽다.

첫째, 기름은 얇게 코팅하는 수준으로 두르고 예열을 한다.

둘째, 가장 약한 불을 사용한다.

셋째, 달걀을 치댈 때 물을 조금 섞는다. 흰자와 노른자를 따로 하면 색깔이 멋져서 플레이팅에는 도움이 되겠지만 조금 귀찮다. 레시피도 조금 더 길게 써야 한다. 그러니 그냥 물을 조금 섞어 치대는 걸로 하자. 아, 처음 달걀을 깨면 알끈은 젓가락으로 건져내고.

넷째, 이렇게 치댄 달걀을 프라이팬에 얇게 편다.

다섯째, 익어가는 것을 잘 보다가 '충분히' 익어서 찢어지지 않을 정도가 되면 긴 젓가락을 사용해서 판의 가운데로 살살 집어넣는다. 끝까지 조심스럽게 넣어서 들어올리면 예쁘게 올라온다. 그렇게 뒤집어서 다시 팬에 올려 앞뒤를 다 익히면 된다.

그걸 조심스럽게 도마로 옮겨서 채 썰듯 썰어둔다. 그러니까 지단은 조심스럽게 천천히 만들면 된다. 갈비탕에는 달걀지단과 함께 당면과 팽이버섯도 좀 넣어 먹는 게 맛나다. 당면은 따로 익혀두는 게 좋다. 넣어서 그냥 먹어도 될 정도로.

너무 느긋하게 했나? 다 되고 보니 밤 열시쯤이 되었다. 내일 먹자. 찬 베란다에 가져다두었다.

다음날 아침 아들과 보험회사에 가야 했다. 일을 마치고 보니 점심시간이다. 보험회사 근처에서 먹을 만한 곳을 찾다가 갈비탕집에 들어갔다. '집에 갈비탕 맛있게 끓여뒀는데……'

아들은 한우탕을, 나는 갈비탕을 시켰다. 나름대로 유명한 집이라 기왕에 이렇게 된 것, 내가 만든 것과 맛을 비교해보고 싶었다. 한우탕 고기는 질겨서 못 먹겠다고 했다. 갈비탕은 그럭저럭 먹을 만했다. 아들에게 갈비탕 고기를 좀 덜어주었다.

아들은 출근했고, 나는 세차하고 자동차 수리하러 갔다가 서산으로 강의하러 떠났다. 밤 열한시 반쯤 집에 들어오니 아들은 아직이다. 잠들 때까지도. 새벽에 깨어 보니 아들은 들어와 곤히 잠들어 있다. 끓여놓은 갈비탕을 아직 아무도 먹지 않았고.

오늘 아점으로 먹게 되려나……? 아들을 깨워서 먹여볼까? 그나저나 나는 오늘따라 속이 좀 거북하다. 어제 갈비탕을 먹어서 그런지 싶다. 이럴 때는 가벼운 콩나물국이 좋다. 북엇국이나. 나가서 콩나물을 한 봉지 사 와서 안쳤다.

갈비탕을 꽤 많이 끓여놓았는데 누가 언제 다 먹지? 자꾸 데워 무만 물러 터지겠네…… 탕 국물과 갈비를 이산가족 만들어서 냉동실로 보내야 하나?

행복한 혼밥

며칠 전 냉장고에서 뭘 찾다가 곤드레나물을 보았다. 데치기까지 해서 얼려둔 것이다. 언젠가 곤드레밥을 해야지 싶었다.

간단하다. 곤드레나물을 적당한 크기로 썰고 국간장과 들기름으로 버무린다. 평소에 밥하던 대로 쌀을 씻고 그 위에 올리면 된다. 나는 늘 강황 가루를 좀 넣지만 이때는 아주 조금만. 색깔이 날까 말까 하는 정도로.

양념장이 맛있어야 한다. 칼국숫집의 생김치만큼 중요하다. 내가 해본 것으로는 이랬다. 양조간장 네 순갈, 물 두 순갈, 고춧가루 반 순갈, 마늘, 청양고추 다진 것 조금, 매실액 한 순갈, 들기름 한 순갈 반. 대파 다진 것은 좀 많이. 거기에 깨소금 대신에 들깨를 넣는다. 사실…… 대충 이렇다는 것이지 맛보면서 '특별한 맛'을 위해 뭔가를 더 넣기도 한다.

다른 것을 만들 때는 굳이 중간에 맛을 보거나 하지 않는데 양념장은 맛을 봐가면서 한다. 비율이 조금 흐트러지면서 맛이 많이 이상해졌던 실패의 경험 때문일 것이다.

된장찌개를 끓인다. 그냥 가볍게 해도 좋겠지만 표고버섯을 잔뜩 넣어 끓여 먹는 편이다. 한 봉지를 다 뜯어서 적당하게 슬라이스로 썰어둔다. 나는 두터운 버섯 식감이 좋아서 두껍게 썬다. 하나를 네 조각 정도로.

멸치 다시를 맛있게 내려놓은 게 있어야 한다. 버섯을 우려서 만든 버섯 육수를 만들어두면 좀더 맛있긴 한데…… 그건 지금 없다.

된장국은 아주 간단하다. 육수를 끓이고, 버섯을 넣고 한 오 분쯤 끓이고, 된장을 두어 숟갈 풀어서 다시 끓이고, 불을 끌 때쯤에 대파를 어슷쓸기해서 넣고 내면 된다. 버섯 넣을 때 토마토를 넣어도 맛있다. 사실 토마토는 어디에 넣어 먹어도 맛있다. 돼지고기로 요리할 때도.

많이 한 것 같지만 겨우 밥하고, 양념장, 된장찌개가 전부다. 여기에 아주 간단한 메인 요리를 덧붙인다. 두툼한 갈치를 두 조각 오븐에 넣고 시간을 맞춰두면 된다. 오븐에서 땡, 소리가 나면 상을 차린다.

미리 만들어둔 몇 가지 나물과 땅콩조림, 김치를 꺼내고 달콤한 포도주 한 잔까지.

퍼뜩 아들 생각이 났다. 어제 외박했는데…… 일단 문자를 보냈다.

별일 없어? 어제 안 들어왔지? 오늘 일찍 나간 게 아니고.

'미안. 연락 못해서. 할로윈이라 재미있게 놀다 보니까.'

재미있게 놀았다면야 더없이 잘한 거지. 나중에 봐.

'밥 잘 챙겨 먹어요.'

안 그래도 지금 밥 먹으려고 해. ^^ 너도 밥, 잘!!

그러고 아들 방에 잠깐 다녀왔다. 이제는 비교적 편하게 가본다. 참 빠르게 마음이 안정된다는 생각도 든다. 거기에 아내 사진이 걸려 있다.

저녁 먹으려고 해.

잘 지내지? 별일 없지?

나는 정말 잘 지내고 있어. 걱정 마.

아내는 내가 늘 물가에 내놓은 아이 같다고 걱정하곤 했다. 웃음이 나왔다.

지금 내가 나이가 몇인데……

그래도 어린애 같다니까!

인정! ㅋ

식탁 앞으로 돌아왔다. 앞에 앉아 재잘재잘 이야기해줄 텔레비전을 켠다. 오늘 이야기는 뭘까? 오씨엔이나 슈퍼액션…… 개콘도 좋은데. 텔레비전의 시끌벅적한 소리가 집안을 채우기 시작했지만 내 머릿속은 여전히 적막하다. 밥을 먹기 시작하면서 맴도는 낱말이 바뀐다. '맛있네…… ㅋ' 달콤한 포도주도 좋다.

재잘거리는 소리를 들으며 생각한다. 티슈를 한 장 톡 뽑아 눈물콧물을 훔치며.

오늘 밤에는 무슨 책을 읽을까, 무엇에 대해 글을 쓸까, 화요일 아침 강의 준비도 해둬야지…… 아 참, 끝내야 하는 원고도 하나 있지. 레비스트로스 이야기를 할까? 롤랑 바르트 이야기를 할까? 그나저나 〈왕좌의 게임〉 다음 에피소드는 언제쯤 나올 건가?

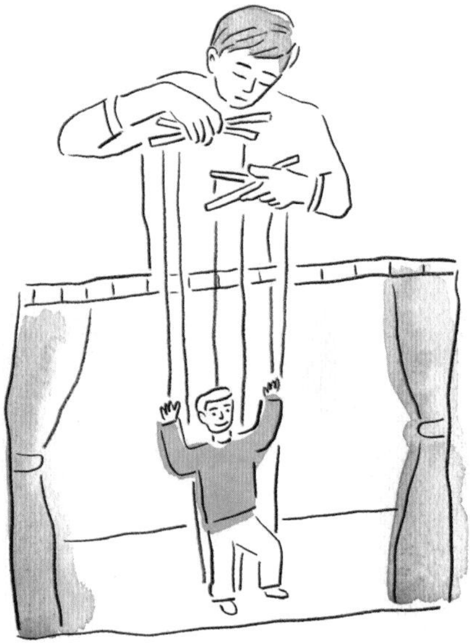

아점 식단을 조금 바꾸며

그동안 너무 편식했던 것 아닐까? 참나물, 숙주나물, 시금치나물, 콩나물, 방풍나물, 취나물 등등의 나물과 항정살을 조금 구워서 함께 먹고는 했다. 달걀도 노른자가 맛있게 흘러내릴 정도로 반숙으로 삶거나 프라이 내지는 양파를 섞어 스크램블을 해서 곁들이기도 했고.

멸치 다시를 만들어두었다가 계란탕을 하거나 집 앞 정육점에서 진하게 고아놓고 파는 곰탕을 사 와서 약간 간하고 마늘 넣고, 쫑쫑 썬 대파를 잔뜩 넣어 먹기도 했고.

밥은 쌀과 찹쌀, 그리고 몇 가지 잡곡을 섞어 넣고 물 맞출 때 강황 가루를 조금 넣어서 지었다.

돼지고기 대신에 소고기를 구워 먹기도 했다. 왜 이런 식단을 차렸는지는 잘 모르겠다. 그저 손에 익었고, 비교적 잘 먹는 것들이라 그랬겠지.

그동안 생선 먹는 일은 드물었다. 잘해야 대구 살을 사 와서 전을 부쳐 먹는 정도.

익숙한 것에 집착하는 편이지만 변화나 감동이 없다면 안 된다. 익숙함은 작은 변화와 함께 오는 감동으로 그 매력과 깊이를 더해간다. 그게 없다면 익숙함은 지겨움이나 이별을 재촉하는 것일 뿐이다. 가끔 그걸 전혀 모르는 사람도 있다. 밉기도 하고 안타깝기도 하다. 멀어진다.

강화도 풍물시장에 들렀다가 생선구이를 먹고 온 게 한 달 전쯤인가 보다. 집에서 하면 냄새 때문에 괜찮을까? 오븐이 있으면 괜찮다고 했다. 아주 작은 오븐이 있다.

배가 고파서 부엌으로 갔다. 아, 아니구나, 아들 방으로 갔다. 아직 자는 것 같다. 문 앞에서 잠깐 살펴보니 잠을 깬 것 같기는 했다. 노크를 하고 들어가 몸을 쓰다듬어주면서 물었다.

밥 좀 먹지 않을래? 생선구이나 맛있는 두부구이를 해줄 수도 있고, 다 귀찮으면 곰국에 밥을 조금 말아 먹어도 돼.

'아니, 그냥 조금 더 누웠다가 씻고 나갈래.'

좀 먹으면 좋겠지만, 피곤하고 힘들면 그렇게 해. 다음에 뭐 먹고 싶으면 아빠한테 말하고. 뭐든 만들어줄게.

'그럴게요.' 그러고는 다시 눈을 감는다.

부엌으로 나와 우선 사과 하나를 씻어 입에 물고 먹을거리를 준비했다. 어젯밤에 장만해서 소금에 절여둔 전어를 꺼내서 씻었다. '아무래도 내장은 빼는 게 좋겠지. 쓴맛이 날 테니까.'

빼고, 칼집을 두 개씩 내고. 오븐에 넣었다. 오 분 예열하고 십 분에 맞췄다. 고기만 맛있게 발라먹고 싶을 때는 이 정도가 좋다. 뼈째 와작와작 씹어 먹고 싶다면 십오 분. 십 분짜리 전어 두 마리, 십오 분짜리 전어 세 마리 그렇게 먹을 작정이다. 내일은 갈치나 병어를 구워 먹어볼까.

이삼 일 전이었을 것이다. 집 앞에 새로 생긴 두부 집에서 사놓은 두부가 있다. 구워 먹으려고. 늘 지나치기만 했다. 두부를 팔아서 저 비싼 가겟세를 감당할 수 있을까? 늘 걱정하면서도.

냉장고에서 그걸 꺼내서 물기를 닦고 적당한 크기로 썰었다.

프라이팬에 들기름을 치고 뜨거워지기를 조금 기다려 두부를 올렸다. 불은 중불로 하고. 그러고 양념장을 만들었다. 어? 다진 마늘이 없네.

채소 칸에서 통마늘을 모두 꺼내서 꼭지를 따고 다진 마늘을 만들었다. 한 통 만들어 옮겨 담는데 뿌듯했다. 가장 많이 쓰이는 양념이라 늘 충분해야 한다.

양념장을 만들었다. 간장과 물 조금, 설탕 조금, 고춧가루 조금, 마늘 조금, 대파 다진 것 많이, 식초 조금, 들깻가루 꽤.

사과는 먹을거리 만들면서 다 먹었고, 밥 한 공기는 십 분짜리 전어 꺼냈을 때 반, 십오 분짜리 전어 꺼냈을 때 반, 구운 전어랑 먹었다. 두부를 굽고 양념장을 만들면서. 두부가 다 구워지고 나서는 주방 아일랜드에 늘어놓고 먹었다. 밥 반 공기를 더 푸고. 땅콩조림과 김치만 더 꺼내어 곁들여서.

꺼냈던 것들을 모두 다 다시 냉장고에 넣고 '정리'한 다음 커피 한 잔을 타서 서재의 내 책상 앞에 와 앉았다. 음악……! 므라즈의 〈아이 앰 유어즈〉가 듣고 싶었다. 그걸 틀고 소리를 조금 높이니 저절로 몸이 들썩여진다. 기억, 기억은 어쩔 수가 없다. 신나는 슬픔이 온 방 안에 가득 찬다.

조금 진정하고 음악도 바꾸고 책을 펼치는데 아들이 왔다. 출근한다면서. 서로 안고 뺨뽀뽀를 하고, 나는 현관까지 배웅 나간다. 아들이 손을 흔들며 문을 닫고 보이지 않을 때까지.

현관에서 잠깐이지만, 옷매무새도 함께 봐주고, 뒤로 채워야 하는 단추를 채워주고. 빠뜨린 물건을 가지러 방에 다녀가주고. 조심해라. 즐겁게 지내고.

떠났다. 언젠가 저렇게 다들 떠나는 것 아닐까. 나 역시. 돌아서는데 왜 이런 쓸쓸한 생각이.

거실과 서재, 침실 창문을 활짝 열었다. 공기를 바꾸려고.

취나물 국수, 이러라고 그렇게

좀 칼칼하게 먹고 싶었다. 냉장고를 보니 취나물이 있었다. 취나물은 억세다. 한참을 삶아서 숨을 죽여야 하고, 양념과 버무릴 때도 팍팍 주물러준다. 양념으로는 다진 마늘에 간장 조금에 된장도 넣는다. 참기름과 들기름 그리고 들깻가루도 조금.

나물을 무칠 때는 나물 데쳐낸 물에 국수를 삶는다. 취나물의 경우는 데친다기보다 삶는다고 해야 맞다. 삶은 물도 색깔이 진하고, 국수에도 색깔이 밴다.

미리 만들어둔 멸치 다시를 데워서 국수를 만다. 금방 만든 취나물을 잔뜩 얹고, 향기로운 쪽파를 쫑쫑 썰어 넣었다. 국물은 엷은 된장국 맛이다. 거기에 쪽파의 향기가 더해졌고. 고명으로는 표고버섯볶음과 대구 전을 예쁘게 썰어 올린다. 김도 몇 장 끼우고.

그리 오랜 시간이 아니었는데, 부엌에서 이런 먹을거리를 만드는 게 자연스럽다. 전에는 달걀라면을 끓여먹는 게 고작이었는데. 습관이 바뀌었다. 이러라고 아내는 그렇게 까탈스럽게 굴었던 것일까?

향기 좋은 참나물 국수

십 분이면 만들어 먹을 수 있을 만큼 간단하다. 먹은 게 없어서 고통스러울 정도로 배가 고픈 밤에 가끔 해먹는다.

물론 멸치 다시가 있어야 한다. 국수를 맛있게 말아 먹으려면. 그건 독서를 시작할 때 만들어둔다. 아주 큰 솥에 물을 올리고 여러 가지 재료를 넣는다.

멸치는 좀 많이, 디포리 몇 마리, 말린 표고 듬뿍, 고추씨는 웬만큼, 대파뿌리는 있는 대로. 통마늘 몇 개, 청양고추도 몇 개, 무도 좀…… 사과도 하나 넣는다. 다시마는 나중에. 가스레인지 타이머를 이십 분에 맞춰둔다.

그러고 독서를 하다가 엉덩이가 아프면, 책을 든 손이 힘들어하면, 일어나 나가 본다. 불은 꺼져 있다. 다시마를 넣고 다시 오 분을 맞춰두고 서재로 돌아간다. 그렇게 이 리터 정도의 다시를 만들어둔다. 늘 독서하니까 다시는 떨어지지 않는다.

국수를 말아 먹는 날은 대개 나물을 무친다. 오늘은 참나물이다. 소금을 조금 넣은 물에 잘 손질해둔 참나물 줄기를 이 분쯤 데쳐낸다. 다시 이파리 쪽을 일 분쯤 데쳐낸다. 찬물에 씻고 적당한 크기로 잘라둔다.

참나물은 향기가 좋다. 몸에 좋은 여러 가지 성분 이야기는 생략! 참나물 삶은 물에 소면을 삶는다. 다 익으면 찬물에 헹궈서 받쳐두고. 참나물을 무친다.

다진 마늘 조금, 국간장 조금, 그리고 들깻가루도 넣어서 조물조물 무친다. 재료가 다 준비되었다.

만들어둔 다시를 꺼내 데우면서 가쓰오부시 농축액으로 간을 한다. 국수를 넣고 참나물을 듬뿍 얹어 먹으면 향과 맛이 기가 차다.

닭다릿살 백숙

토요일은 병원 가는 날이었다. 지친 몸과 마음이 더 바빴던 날이다. 어느 날 갑자기 그게 신기루처럼 다 사라져버렸다. 이제 쉬는 날이다.

열두시쯤 배가 좀 고팠다. 뭘 먹을까? 냉장고를 뒤져보니 언젠가 아이쿱에서 사둔 닭다릿살이 있다. 저거면 아주 간단하게 먹을 수 있다. 한 시간쯤 끓인 백숙은 무조건 맛있다. 좀 진하게 먹고 싶다면 이런 걸 두 개 넣고 끓이면 된다.

닭다리를 해동해서 그대로 큰 냄비에 넣고 물을 넉넉히 부었다. 거기에 맛술을 조금 붓고, 통마늘은 열 개쯤, 대파 하나를 씻어서 큼직하게 썰어 넣고, 생강을 조금 넣었다. 청양고추 한 개 넣는 걸 빠뜨릴 뻔했다. 무도 좀 썰어 넣었다.

레인지 타이머를 1시간 20분으로 맞추고 책상 앞으로 돌아왔다.

읽고 싶은 책이 많았는데…… 페이스북을 보다가 다시 부엌으로 갔다. 끓기 시작한 냄비 불을 낮추어두고 보리차를 끓이기 위해 티메이커에 물을 올렸다. 보리차는 물이 끓기를 기다려 볶은 보리를 넣고 십오 분쯤 끓인 다음 물에 넣었던 보리는 꺼내 버려야 한다.

세수하고 머리 감고, 말리고…… 하니 금방 시간이 흘렀다.

며칠 전에 배달된 고랭지배추로 담근 김치를 꺼내고, 내가 만들어둔 땅콩조림과 취나물을 차렸다. 백숙을 큰 그릇에 떠서 소금과 후추를 좀 치고…… 텔레비전을 켰다. 요즘 보는 다큐멘터리

시리즈가 있다. 조금 과장된 포즈와 말투로 조잘거리는 소리를 들으며 맛있게 먹었다.

아드님은 불금이라 외박하셨다. 나는 산책하러 나간다. 혹시 나보다 먼저 들어와 먹을거리를 찾을까봐 식탁 위에 간단하게 편지를 써두었다. "닭다릿살로 백숙 해두었으니까 간을 조금 해서 먹도록 해. 맛있을 거야."

그 순간 『완득이』가 생각났다. 가출한다고 편지를 써놓고 나가지만 맨 먼저 집으로 돌아와 읽게 될 사람은 편지를 쓴 바로 그 완득이…… 어쨌거나.

페이스북에서 내가 올린 레시피 포스팅을 보고 혼밥하는 '아저씨'들이 자극받았다는 이야기를 읽은 적이 있다. 그분의 실패담을 읽으면서 웃었다. 나도 혹독한 수련 과정을 거치지 않았다면…… 한 가지만 말씀 드리고 싶었다.

좋은 양념을 구해두셔요. 좋은 재료를 쓰세요. 재료가 좋으면 그냥 굽기만 해도, 물 붓고 끓이기만 해도 맛있습니다. 아, 물론 재료를 다루는 약간의 노하우는 익혀야 하지만요.

밤늦게라도 좀 먹을래? 숙주볶음인데

소화제를 열흘쯤 먹었을까? 그동안 배고픈 줄 몰랐는데 배가 고프다. 반찬가게에서 만든 반찬을 사 먹고 싶지 않았다. 음식점 음식도 싫었다. 뭐라도 먹어야 했다. 잠깐 생각하다가 가장 쉽고 간단한 것을 만들기로 했다.

숙주볶음. 재료만 있으면 십 분도 안 걸린다.

중국식 만능소스를 만든다. 식구가 없으니 소주컵으로 양을 적게. 물 2컵, 진간장 반 컵, 굴소스 반 컵, 설탕 1/5컵, 전분 가루 1/4컵 넣고 잘 저어준다. 잘 섞이도록.

재료를 준비한다. 잘게 썬 대파, 다진 마늘, 쥐똥고추를 준비해두고. 숙주 한 봉지를 씻어서 채에 받쳐두고. 고기는 뭐가 있나 찾아본다. 소고기나 돼지고기 뭐든 괜찮다. 항정살이 있다. 잡채 만들 때처럼 썰어둔다.

프라이팬을 불에 올리고 식용유를 붓는다. 요즘은 아이쿱에서 사온 압착 유채유를 쓴다. 거기에 잘게 썬 대파를 듬뿍 넣고 파기름을 만든다. 다시 쥐똥고추와 마늘을 넣고 좀더 볶다가 돼지고기를 넣는다. 돼지고기가 잘 익었다 싶으면 숙주를 넣고 중국식 만능소스를 한 국자쯤 끼얹어서 뜨거운 불에서 뒤적인다. 조리기구를 사용해서 뒤적여도 좋겠지만 프라이팬을 들고 안에 담긴 것을 뱅뱅 돌리는 것이 낫다. 아래위가 골고루 섞이도록. 웬만큼 간이 배었고 익어간다 싶으면 뚜껑을 덮고 이삼 분 두었다가 불을 끈다.

냉장고에서 밥을 꺼내 전자레인지에 이 분 데운 다음 숙주볶음을 끼얹어 먹는다. 아, 맛있다! 그런데 눈물이 난다. 아들에게 문자를 보냈다. 요즘 아들은 밤 열두시나 되어서야 집에 들어왔다가 아침 일찍 나간다. 밥이나 제대로 챙겨 먹는지 모르겠다. 날마다 밥 잘 챙겨 먹으라고 문자만 보내곤 했다.

오늘은 밤늦게라도 숙주볶음 해줄까? 좀 먹을래?

아니야, 괜찮아.

아니야, 괜찮아. 쉽고 간단해. 밤에 먹어도 부담되지도 않고. 너 요즘 잘 못 먹고 다니잖아.

한참 있다가 답문이 왔다.

아빠 피곤하지 않으면 해줘.

알았어. 출발하면서 전화해. 준비해놀게.

그러고 보니 숙주가 없다. 숙주를 사둬야 한다. 맛있게 만들어줘야지. 자주는 못 해주지만 가끔 뭐든 만들어주면 기가 차게 맛있다며 싹싹 비운다.

맛있게 먹으며 행복해하던 아내의 얼굴이 보고 싶다. 다시는 볼 수 없을.

좋아하는 아침

잠에서 깨면 가운을 찾아 걸치고 부엌에 간다. 아주 맛있게 끓여둔 보리차를 따끈하게 데워서 한 잔 마시고, 사과 하나를 먹는다. 책을 읽으며, 때로는 바깥 경치를 구경하며.

아직은 습관처럼 잠을 설친다. 아침에 깨었다가 다시 설핏 잠들 때가 많다. 시간이 좀 흐르고 나면 배가 고프다.

정신이 들면, '뭘 좀 먹어야지……'

토마토를 열두 조각쯤 내어 프라이팬에 넣고 올리브유를 조금 친다. 아 참, 버섯! 표고버섯을 두 개쯤 뭉텅뭉텅 썰어 넣는다. 소금 좀 치고, 후추도 조금. 맛술도 조금. 중간불로 볶는다. 토마토 과육이 조금 허물어진다 싶으면 따로 덜어놓고. 이번에는 스크램블 만들 차례.

달걀을 두 개 깨어서 소금 조금, 맛술 조금씩 넣고 잘 저어 치댄 다음 약한 불로 스크램블을 만든다. 물기가 빛을 받아 아직 반짝거리며 살아 있을 때 불을 끈다. 너무 익히면 퍽퍽하고 토마토와 잘 섞이지 않을 테니까. 우유를 조금 넣을 때도 있고.

너무 그린필드인가? 그런 생각이 들면 좋은 베이컨을 두세 개 곁들인다. 그건 따로 오븐에 굽는다. 플레이팅할 때 바질을 좀 치면 향기롭다.

좋아하는 밑반찬을 꺼낸다. 잔뜩 만들어둔 땅콩조림과 매실 장아찌, 고랭지배추로 담근 김치. 밥은 반 공기쯤.

맞은편에서 조잘대는 텔레비전을 보며 식사를 끝내고 나면 후식 시간. 아마도 설탕을 개미눈물만큼만 넣어서 달지 않은 티라

미슈 한 조각과 라떼를 들고 창가로 간다.

거기에는 흰 장미와 빨간 제라늄이 피어 있다. 아무래도 자태가 수상해서 찾아보았다. 어이쿠! 제라늄 꽃말이 '당신을 사랑합니다'였구나. 어쩐지 늘 어디선가 오묘한 눈길이 느껴지더라니. ㅋ 꽃말이 그게 전부인가? 비슷하지만 조금 다른 것도 있다. '당신이 있어 행복합니다.' 이런, 이런, 이건 눈물샘을 자극하는 꽃말이잖아!

오글거리게 청승맞은 생각

언제 하루 여유가 생기면 지난날처럼 배낭을 메고 북한산에 다녀오고 싶다. 햇빛이 좋으면 정상의 너른 바위에 누워 스치듯 지나가버린 바람을 불러내 수다 좀 떨어보게. 비가 오면 그 날들이 파란 우의 위에서 비꽃으로 내내 튀어 다니다 신발을 적시겠지. 걷기 힘들지도 몰라.

오르는 일이 얼마나 숨가쁠까. 이틀에 한 번 산을 올랐던 지난날의 기억이 그래도 올려주긴 하겠지. 아직도 남아 있는 몸의 물기가 흘러나와 발걸음을 잡을지 모르지만. 정상에 올라 다시 만난 바람과 헤어지면 터덜터덜 산을 내려와 막걸리 한 잔을 마셔야겠어.

불콰해진 얼굴로 노래를 부를 수 있을지 몰라. 남들이 음치라며 듣기 싫다 해도, 부끄러워 부르지 못했던 유치찬란한 사랑의 노래를. 막걸리 한 잔이 부끄러움도 미안함도 다 떨치고 노래 가사에만 홀리게 해주면.

아유, 원…… 이런 오글거리게 청승맞은 생각을 다 하다니. 세상에, 한참 울고 나니 배가 다 고프네. 밥이나 먹자. 참 신기하게 그래도 배는 고프고 먹으면 먹어지기도 해…… 소화제가 필요하지만.

그나저나 오늘은 강의 주제가 뭐더라……? 두 군데인데…… 구조주의 문학 비평 이론, 그리고 인문학 세번째 시간이네. 그러면 그 주제도 문학! 지금 몇 시? 열한시 십일분. 준비해서 나서야 해!

사소한 절벽의 폭포

그냥 참을 수밖에 없는 사소한 절망을 느끼는 날 부엌이 빛난다. 집안일을 맡아서 하고 음식을 만들면서 깨달았다. 그렇구나. 사랑하는 사람과 절벽을 느끼는 순간 슬픔의 둑이 터지면서 물이 콸콸 쏟아지는구나.

며칠째 쌓여 있던 설거짓거리를 씻어낼 때 애끊는 아픔이 조금은 씻겨나가는구나. 쌓이고 쌓인 지저분한 그릇이 흐르는 물에 씻겨나갈 때 답답한 마음도 함께 조금씩 쓸려나간다. 생각해보면 말할 거리도 못된다. 별것도 아닌 말이었는데……

무심하게 살아온 지난날의 모습이 오버랩되었다. 아무리 어려서였다고 하지만 그때 어쩌자고 그런 짓을 했단 말인가. 가슴을 찢어버리고 싶을 만큼 아프다. 지금 알고 있는 것을 그때도 알았더라면. 날마다 떠오르는, 슬픈 말이다.

요즘은 사춘기 같다. 하루하루 새롭고 특별한 경험이 소나기처럼 다녀간다. 온몸을 후줄근하게 적셔놓고. 어렸던 시절과 다른 점은 아마도 그 경험이 지난날의 아픈 기억을 떠올리게 하는 것이 아닐까.

언젠가 말다툼을 하다 말고 부엌에 가버린 아내는 그릇 부딪치는 소리를 내며 설거지를 했다. 도무지 이해하지 못했던 나는 화만 내었고. 그러잖아도 절벽을 피해간 것일 텐데, 다시 절벽 끝으로 몰아붙였으니. 젊은날에는 내 말과 내 행동이 어떤 의미가 되어 전달되는지 잘 몰랐다.

사람은 모두가 한 개의 섬이고 그 사이를 오가는 배가 있다. 연

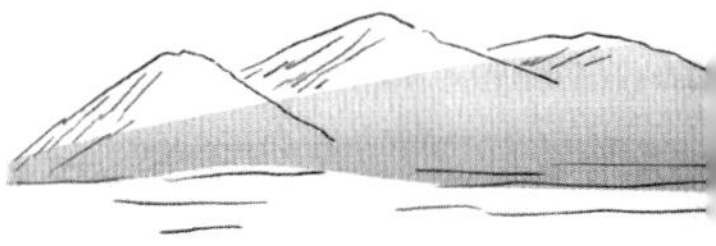

락선이 수시로 떠나긴 하지만 부탁한 마음을 제대로 전달하는 경우가 드물다. 세월이 지나고 보면 아예 선착장에 그대로 버려진 것도 눈에 띈다. 서로의 사랑이 비껴 지나간 수십 년의 세월, 섭섭하고 미워서 화를 내고 떠나려 했던 이유가 그것이었다니.

그 연락선은 지금도 여전히, 아마도 영원히 믿을 만하지 못하다. 그렇다는 것을 이제는 안다. 참 쓸쓸한 일이다.

처음 떠나는 혼자 여행

스물다섯 이후 처음이다. 아들을 낳고 키우며 아내가 세상을 떠나갈 때까지 살아남기 위해 자전거 페달을 열심히 밟아온 세월이 주마등처럼 스쳐지나간다. 서글픈 얼굴이 슬로모션으로.

'처음'이라고 쓰고 보니 내 나이가 떠오른다. 쉰아홉, 마지막 일주일 동안 여행하기로 했다. 특별한 일이 있는 것도 아닌데 혼자서. 사랑하는 제자님의 초대로 시작되었다.

21일이 비행기 삯이 쌀 거예요. 28일 일정이 있으시니 27일에 돌아가시면 되고. 비수기라 렌터카도 쌀 테니 편안하게 계시다 가셔요. 독채라 불편하지 않으실 거예요.

일주일 동안 제주도를 여행한다는 생각에 덜컥 그러마고 했다. 그러고도 며칠 망설이다가 비행기 예약을 했고, 예약한 뒤에도 취소하고 싶은 마음을 몇 번이나 다잡았는지 모른다.

가고 싶지 않아서? 글쎄, 잘 모르겠다. 그냥 두려웠다. 이런 여행은 처음이다. '다 좋을까?'

얼마 전 출판사 편집자 한 사람과 괴산을 거쳐 청주에 다녀오면서 하루 호텔에서 잤다. 어렴풋이 여행이 괜찮을 수도 있겠다는 생각이 들었다. 낯선 경치를 보며 낯선 사람들을 만나고 이야기를 주고받는 낯선 경험이 신선했다.

아들에게는 마치 일 때문에 제주도에 가는 것처럼 말했다. 나에게 여행이라면 언제나 일 때문이었다. 거기에 서점이 서른일곱 개나 있대. 인구가 얼마 안 되는 걸 생각해보면 무척 많은 거지. 동네서점들을 다 둘러보고 오려고 해.

아빠는 제주도가 처음이잖아. 아름다운 곳이 많으니까 구경도 하고 맛있는 것도 사 먹고, 잘 쉬다가 오셔요.

오늘도 여행을 취소하고 싶었다. 그러지 말라는 소리가 곧바로 울렸지만. 취소하지 않으려고 렌터카 예약을 했다. 이 모든 것을 페널티 없이 취소할 수 있는 시한이 내일 오후까지다.

스릴과 서스펜스의 출발

어제는 눈이 엄청나게 내렸고 아침에는 안개가 끔찍했다. 아들은 집에 오는데 길이 보이지 않아서 엉금엉금 기어왔다고 했다. 밤새워 일하고 힘들게 운전해서 들어와 잠이 들었다. 가까운 공항도 마찬가지일 것이다. 한치 앞도 보이지 않을 때는 비행기도 어쩔 수 없겠지. 예정된 시각보다 두 시간 이상 지연된다는 연락이 왔다.

천천히 가방을 챙겨 나갈 준비를 했다. 열시쯤 택시를 불렀다. 십 분이 넘도록 연락이 없어서 다시 전화를 했다. 취소되었단다. 지역 택시는 불편하다. 어제 내린 눈, 아침의 지독한 안개 때문에 자가용 운전을 포기한 사람들이 많은 모양이다.

이십 분이 지나도 택시는 감감무소식이다. 어쩌나? 불안해지기 시작했다. 인터넷으로 김포공항 상황을 확인해보았더니 열한시 이후 편은 제시간에 출발하는 모양이다.

벌써 열시 사십분이다. 열한시 이십오분까지 체크인을 해야 한다. 지금 출발하지 않으면 비행기를 탈 수 없을지 모른다. 할 수 없이 아침에 들어와 잠이 든 아들을 깨웠다. 공항까지 데려다달라고 부탁하면서 몇 번이나 미안하다고 했는지. 아들은 그때마다 아무렇지도 않게 괜찮다고 대답했다.

늦을지 모른다고 말했더니 빨리 가려고 속도를 내었다. 길은 미끄러운데. 더럭 겁이 났다. 그까짓 여행 안 가도 그만이지만 사고가 나서는 안 된다.

"비행기가 제시간에 못 뜰 거야. 그렇게 서두르지 않아도 돼."

아들은 내가 불안해한다는 것을 눈치채고 속도를 조금 줄이며 말했다.

"……참, 아빠 여행 가서 쓰라고 오십만 원 보냈어."

"……안 그래도 되는데…… 고맙다."

"다음에는 카카오택시로 불러봐. 지역 콜택시보다 나을 거야."

"그럴게."

"참, 렌터카 예약했지?"

"응, 했어. 아빠 다녀올 동안 잘 지내도록 해. 밥도 잘 챙겨 먹고."

"내 걱정은 안 해도 돼요. 걱정 말고 잘 다녀와요. 맛있는 것 사 먹고 마음 편하게 잘 지내다 와요. 처음이잖아."

막상 공항에 들어서니 마음이 바빴다. 아시아나 체크인 데스크가 어딨나 찾아다녔다. 줄이 길다.

시간을 보니 열한시 십오분이다. 체크인 마감은 이십오분, 십 분 만에 이게 가능할까? 안 될 일이면 안 될 것이고 될 일이면 될 것이다. 걱정한다고 달라질 것은 없다. 다른 방법도 없다. 이 순간을 즐기자. 투병하는 아내를 돌보면서 수없이 되뇌던 말이다. 조바심이 났지만 느긋하게 기다렸다. 이십삼분에 체크인을 했다. 내가 마지막이었다.

서둘러 보안검색대를 지나 보딩 게이트로 갔다. 거기도 줄이 길었다. 이제는 정말 괜찮다. 비행기가 떴다. 내 자리는 가로로나 세로로나 한가운데쯤이었다. 주위에는 모르는 사람들로 가득 차

있다. 양쪽 옆에 앉은 사람들은 잠이 들었고. 섬처럼 앉아서 섬으로 가고 있다. 비행기가 이륙하는데 이유를 알 수 없는 눈물이 쏟아졌다.

수천만 년의 기억

제주도 공항에 내려 렌터카를 운전해서 숙소가 있는 서귀포로 향했다. 가는 길에 있는 용머리해안에 들렀다. 모래사장이 있는 해변을 떠올렸더니 그게 아니었다. 수천만 년 동안 쌓인 퇴적층이 보이는 절벽 아래의 돌길이었다. 길 옆에는 에메랄드 빛 바닷물이 출렁이고 있었다.

수천만 년의 기억을 넋을 잃고 보며 걸었다. 아마 한 시간쯤. 저렇게 아주 조금씩만 다른 기억들이 되풀이되어 절벽이 되었구나.

아내는 암을 선고받고 나서 다시 걷기 시작했다. 아내는 원래 걷는 것을 좋아했다. 나는 귀찮아했지만. 출판사 편집자가 되고 나서, 한 회사를 책임지고 나서 아내에게는 그 일이 이 세상 무엇보다 우선이었다. 이틀이나 사흘씩 책상머리를 떠나지 않을 때가 잦았다. 그럴 때마다 나는 '그러지 않으면 안 되겠느냐'고 물었다. '살아남으려면 그래야만 한다'고 했다. 그러다가 죽을병이 들었고 그제야 다시 걷기 시작했다. 나는 기꺼이 함께 걸었고. 아내는 그렇게 함께 지낸 삼 년이 가장 행복했다는 말을 남기고 갔다.

생각해보면 그 세월 때문은 아닌 것 같다. 몸에 새겨진 절실한 마음이 지워도 지워지지 않은 것이다. 요즘은 몸의 기억이 마음을 자극한다. 몇 년 전까지만 해도 싫어했던 산책을 이제는 몸이 원한다. 아침 일곱시면 잠을 깨는 이유도 비슷하다. 아내의 아침을 위해, 올빼미처럼 살던 평생의 습관을 바꾸었다. 절실했기 때문에 쉽게 할 수 있었을 것이다.

호스피스 병동에서 절절한 소망이 담긴 눈빛으로 말하던 아내

모습이 떠올랐다. 다시 한번만 더 해변을 걷고 싶어. 따뜻한 남해 바다에서.

나는 그 기억들과 함께 낯선 에메랄드 빛 바다를 외면하고 수천만 년의 기억이 켜켜이 쌓아올린 절벽을 올려다보며 걸었다. 작은 웅덩이를 만나면 물을 튀기며. 산산이 부서져 허공으로 뿌려지는 파도를 맞으며.

비슷한 기억을 만드는 시간이 나에게도 되풀이되는 건 아닐까. 절벽의 끝에는 아주 오래된 미래가, 달콤한 기억이 매달려 흔들리고 있었다.

산방산 계단에서 만난 석양

용머리해안을 돌고 나와 카페에서 카페라떼를 주문했다. 기다리며 창밖을 둘러보는데 눈앞에 높은 산이 솟아 있다. 산방산이다. 산 중턱에 굴(山房)이 있어서 산방산이라 부른다고 했다.

일단 숙소로 향하기로 했다. 내비게이션이 시키는 대로 길을 잡았다. 조금 가니 산방산 입구가 나온다. 순간 마음이 바뀌었다. 잠깐 들러보고 가자.

언젠가부터 산을 보면 오르고 싶다. 절정의 순간은 짧지만 강렬하다. 그 쾌감이 힘겨운 오르막을 견디게 만든다. 입구 양쪽으로 절이 있고 가운데로 가파른 계단이 죽 이어져 있다.

지난해 이월쯤이었을 것이다. 우리는 등산을 시작했다. 아내는 어디에선가 등산하면서 암을 이겨낸 이야기를 읽었던 모양이다. 자기 생각을 자세히 설명했다. 내가 등산을 싫어했기 때문이다. 아내는 젊은 시절에도 등산을 좋아했다. 이야기를 다 듣고는 나도 하고 싶다고 말했다. 나에게도 필요할 것 같아.

그다음 날부터 강화도 가는 길에 있는 문수산을 올랐다. 산방산과 높이가 비슷하다. 처음에는 둘 다 엉금엉금 기어올랐다. 산 아래에 서면 아랫배가 아팠다. 화장실에 가보았지만 소용이 없었다. 한발 한발 오르며 땀을 흘리다 보면 언제 배가 아팠느냐는 듯 통증이 사라졌다.

언제부턴가 아랫배 통증이 영 사라졌다. 체력이 좋아지면서 몸도 두려움을 벗어던진 것이다. 날마다 문수산만 오르는 게 지겨워서 강화도 마니산을 올랐다. 북한산으로 가기도 했고.

하루도 쉬지 않고 사십오 일을 넘겼다. 무릎이 아파오면서 이틀이나 사흘에 한 번으로 물러섰다.

지난날 그 산들의 계단을 생각하며 오르기 시작했다. 이백 미터쯤 올랐을까. 매표소가 나오고 산방굴사가 보였다. 높은 곳에서 내려다보면 다 별것 아닌 것처럼 보인다. 그러면서 그 복잡하고 지저분한 '속세'가 아름답다.

거리를 두고 보아야 제대로 잘 볼 수 있단다. 정말 그럴까? 너무 먼 곳에서 보면 사실을 제대로 볼 수 없는 것 아닐까? 술 한잔하고 세상을 보면 다 조막만해 보이고 간덩이가 부어서 호기가 생긴다. 마취 효과다.

우리는 날마다 그 높은 산을 올랐다가 내려오면서 치유되는 느낌을 받았다. 오늘 등산으로 몇 년은 벌었을 거야. 웃으며 그런 말을 주고받았다.

그러던 시월 심각한 암통이 다시 시작되었다. 그러고 일 년쯤 지나 아내는 세상을 떠났다. 나에게는 등산 근육을 남기고.

힘들지 않게 올랐다. 절 구경은 시큰둥했다. 커다란 동굴의 신기함도.

내려오는 계단에서 불타오르는 석양을 만났다. 사랑하는 것들은 모두가 떠나기 전에 저렇게 애절한 모습을 남기는가. 다 타고 재만 남을 때까지 꼼짝 않고 쳐다보았다. 절 건물에 불이 켜지고 종소리가 들릴 때까지.

몸의 기억

아침 일곱시쯤에 잠을 깼다. 올빼미처럼 살았던 평생의 기억은 도대체 어디로 다 날아가버렸을까. 너무나 피곤했지만 늦게 잠든 날 여섯시쯤 잠을 깨면 어처구니가 없다. 온몸은 아프고 정신을 차리기 어렵다. 조금 더 자고 싶지만 잠이 들지 않으니. 너무 긴장한 세월이 길면 트라우마가 되는 것일까.

화장실을 다녀오고, 부엌에 가서 사과 하나를 씻어 껍질째 자른다. 씨를 빼고 열두 조각쯤 한입 크기로. 유리접시에 담아 탁자에 놓고 바다가 훤히 보이는 거실 커튼을 걷는다.

'이제 뭐하지?' 조금 당황스럽다. 세상에 이런 생각이 다 들다니. 스물다섯 이후 늘 할 일이 많았고 바쁘기 그지없었다. 조금 여유 있었던 날도 없진 않았지만. 아내의 암투병이 시작되고 나서는 도무지 마음의 여유를 낼 수가 없었다.

아내가 떠나고 벌써 석 달이 넘었다. 이런 순간이 없었나? 이럴 때는 뭐했더라? 기억을 더듬어본다.

아, 아침에 일어났으니 바깥공기를 쐬어야지. 마당으로 잠깐 나가본다. 심호흡을 하고 스트레칭을 했다. 차갑고 상쾌한 공기가 아직 덜 깬 몸 구석구석에 스며든다. 하와이안 야자수가 멀리 바라보며 서 있고, 이십 년쯤 된 암컷과 수컷 소철이 정다운 모습으로 현관을 지키고 있다.

아, 여기는 제주도지. 오늘은 어디로 갈까? '무척' 맑게 갠 정신머리를 들고 집 안으로 들어간다. 책상 앞으로 돌아와 음악을 고른다. 모닝 재즈를 크게 틀고 바다를 바라보며 사과 한쪽을 먹는다. 카톡이 하나 와 있다.

나를 초대해서 '호스트' 역할을 톡톡히 해주고 있는 제자님이 오늘의 행선지로 '치유의 숲'을 추천했다. 제주도에 도착한 날 용머리해안과 산방산도 그의 추천이었고. 이미 제주도민이 된 제자님이다.

믿으면 복이 있나니. 대개의 긍정적인 생각은 생각 그 자체보다 전제가 더 중요하다. 전제가 옳다면(이 경우는 믿을 만한 사람이라면) 긍정적인 생각으로 긍정적인 결과를 얻을 수 있다.

보내온 링크를 따라 들어가보니 치유의 숲에 대한 소개가 있다. 사과를 먹으며 읽었다. 치유의 숲에 들러서 가슴앓이를 좀 달래고 작은 서점 하나 구경하자.

사과를 먹었지만 배가 출출했다. 스파게티를 만들었다. 재료를 아끼지 않고 넣는 습관 때문일까? 일인분을 만들려고 해도 늘 이인분을 만든다. 일인분만 덜어 먹었다. 나머지는 냉장고에 넣어두고. 스파게티는 하루 정도까지는(이틀이나 사흘 뒤에 먹어 본 적은 없어서) 레인지에 데워 먹어도 그리 나쁘지 않다.

재료를 주섬주섬 정리해 냉장고에 '때려넣어두고' 일단 기절하듯이 잠이 들었다.

오늘은 좀 매울지도 몰라

초판 1쇄 2018년 4월 20일
초판 12쇄 2024년 9월 20일

지은이 강창래
편집인 강무성

디자인 김현우 강무성 | 저작권 박지영 형소진 최은진 오서영
마케팅 정민호 서지화 한민아 이민경 왕지경 정경주 김수인 김혜원 김하연 김예진
브랜딩 함유지 함근아 박민재 김희숙 이송이 박다솔 조다현 정승민 배진성
제작 강신은 김동욱 이순호 | 제작처 영신사

펴낸곳 (주)문학동네 | 펴낸이 김소영
출판등록 1993년 10월 22일 제2003-000045호
주소 10881 경기도 파주시 회동길 210
전자우편 editor@munhak.com | 대표전화 031)955-8888 | 팩스 031)955-8855
문의전화 031)955-3579(마케팅), 031)955-1905(편집)
문학동네카페 http://cafe.naver.com/mhdn
인스타그램 @munhakdongne | 트위터 @munhakdongne
북클럽문학동네 http://bookclubmunhak.com

ISBN 978-89-546-5094-6 03810

www.munhak.com